Eines Tages, Baby

언젠가 우리는

율리아 엥겔만 지음 | 모명숙 옮김

문학세계사

사랑하는 한국의 젊은 친구들, 안녕!

여러분이 이 책을 만나게 된다니 정말 기쁩니다. 여러분이 이 책을 읽기 전에 잠깐 제 소개를 할까 합니다. 나는 율리아이고, 스물두 살 이후 줄곧 나의 앞날에 대해 궁금해하고 고민하고 있습니다. 또 다른 누군가도 나와 같을 생각을 가지고 있을까 궁금합니다.

나는 내 생각들을 어릴 때부터 글로 기록해 두곤 하였습니다. 늘 작가가 되고 싶었지만, 어떻게 그 꿈을 이루어야 할지 몰랐습니다. 열일곱 살 때 포에트리 슬램Poetry Slam을 알게 되었습니다. 포에트리 슬램은 미국에서 시작되었는데, 누구나 참여하여 자신의 시를 직접 낭독할 수 있는 현대시의 새로운 한 형식으로, 낭독용 시를 쓰고 그 시를 래핑rapping으로 대중에게 전달하는 것입니다. 나는 포에트리 슬램이 무척 마음에 들었습니다. 다른 사람들의 생각을 듣고 함께 공감하며, 내가 혼자가 아니라는 느낌을 받을 수 있었기 때문입니다.

다른 사람이 내게 그런 느낌을 줄 수 있다면, 나 역시 다른 사람들에게 행복한 삶을 위한 솔직한 이야기들을 들려줄 수 있을 거라는 생각이 들었습니다. 그 이후로 나는 여러 청중들을 위해 글을 쓰고, 내가 쓴 시를 낭독하러 무대 위에 올라서고 있습니다. 그것은 처음에 기대했던 것보다 훨씬 재미있는 일입니다.

여러분이 이 책에서 보게 될 시들은 모두 다 지난 5년 동안 쓴 것들입니다. 제 시들 속에서 접하게 되는 주제들 또한 내가 그 시기에 몰두하고 고민했던 물음들이기도 합니다. 여러분도 나와 같은 물음을 지녔을 때가 있었을 것이고, 나의 어떤 생각들은 여러분이 이미 잘 알고 있는 것들이라고 느낄 수 있을 것입니다.

부디 기쁜 마음으로 읽어 주시고, 여러분 모두에게 행운이 깃들기를 기원합니다.

2014년 가을 율리아

차례

IRGENDWANN VERSTEH ICH DAS VIELLEICHT:
ICH KANN WERDEN, WER ICH SEIN WILL,
ICH KANN MIR NEHMEN, WAS ICH BRAUCHE,
UND ICH MUSS NICHT LÄNGER SUCHEN,
WEIL ICH LÄNGST BIN, WO ICH HINGEHÖRE...

언젠가는 나도 알게 될 거야.

내가 원하는 사람이 될 수 있고

내가 원하는 것을 가질 수 있기에

더 이상은 찾아다닐 필요가 없다는 것을.

나는 이미 오래전에 내가 원하던 곳에 와 있으니까…….

잔잔한 물이 마음을 끈다

난 컴퓨터에 빠진 괴짜,
하지만 멋진 최신 정보통은 아냐.
그저 몽상과 생각이 많은 사람일뿐.
난 하찮은 유행이나 쫓으며 서핑하진 않아.
   내가 인터넷 서핑을 하는 것은 단지
   내 눈에 어울리는 안경테를 고를 때뿐.
사진 따위를 올리거나 시시덕거리려는 게 아니야,
   내가 좋아하는 책을 읽고 글을 쓰기 위해서지.

때때로 난 타인과 다르고
   혼자라는 느낌을 받아.
누구도 나와 비슷한 것 같지 않고,
   누구도 나와 가까운 것 같지 않아.

때때로 아무도
　나와 같지 않다는 느낌을 받아.
내게 꼭 맞는 자리는
　없다는 생각이 들어.

나는 왜 이렇게 느끼는 걸까?
도대체 무슨 일을 기다리는 거지?
내가 뭘 잘못하고 있는 걸까?
단지 어딘가에 속하고 싶을 뿐인데!

그런데 어디에 속하고 싶다고?
그건 또 무슨 뜻이지?
우리 모두 다르지만 같은 사람인데
　도대체 어디에 속하고 싶다는 거지?

중요한 것은

형식이 아니라 내용이야.

남들 하는 대로 따르지 않고

직접 부딪치는 거야.

물리학이 아니라

상상력이 소중해.

무엇보다도 방법이 아니라

대상 그 자체가 소중해.

우리에겐 이런 것이 중요하지 않을까?

우리를 가르는 차이가 아니라

우리에게 있는 공통점이,

예전에 외로웠다는 사실보다는

지금 서로를 알고 있다는 사실이,

이기는 것이 아니라

네가 싸워 나가고 있다는 사실이,

박자가 맞는지 안 맞는지가 아니라

네가 춤춘다는 사실이,

무엇을 소유하고 있다는 것보다는

  그것으로 무언가를 만들어 간다는 사실이,

우스운 농담 그 자체가 아니라

  우리가 웃는다는 사실이,

얼마나 많이 주느냐가 아니라

  주는 사람이 너라는 사실이,

누구를 사랑하느냐가 아니라

  사랑하는 사람이 너라는 사실이,

목적과 방법으로가 아니라

  우리가 서로에게 끌린다는 사실이,

대상과 이유로써가 아니라

  우리가 서로 끌린다는 사실이,

무엇을 몸에 지니고 어떻게 미소를 띠고

  어떻게 시의 운율을 맞추는지가 아니라

무엇을 생각하고 무엇을 말하며

  과연 우리가 순수한지 물을 수 있다는 것이 중요해.

그리고 어쩌면 이런 것도 중요하지 않을까?

훗날의 행복한 결말이 아니라

　오늘은 단지 오늘 하루의 이야기가,

내가 남들과 다르다는 사실이 아니라

　나는 바로 나라는 사실이,

이 세상 모든 것을 다 알고

　이해하는 것보다

'하쿠나 마타타¹⁾' 주문을 외우며

　단순하고 즐겁게 사는 것이 중요해

중요한 것은

　형식이 아니라 내용이야.

남들 하는 대로 따르지 않고

　직접 부딪치는 거야.

물리학이 아니라

　상상력이 소중해.

무엇보다도 방법이 아니라

　대상 그 자체가 소중해.

'유별나' 고 '괴상해' 라고 하는데
   대체 무슨 뜻이지?
그건 '특별해' '비범해' 라는
   말과 같아.
만약 다르다는 말을 듣게 된다면
   혼자 가만히 생각해 봐.
다르다는 것은 잘못이 아니라
   올바름의 다른 모습일 뿐이야.

앞으로 나아가고자 한다면,
   엉덩이를 움직여야 하고
너의 가장 지독한 불안을
   깊이 응시해야 해.
목표한 곳에 도착하려면
   아주 혹독한 고통의 벽을 넘고,
거친 산을 헤치고
   계속 나아가야 해.

중요한 것은

　얼마나 높이 오를 수 있을까가 아니야.

너 스스로가 오를 수 있다고 믿는 것이지

물리학이 아니라

　상상력이 소중해.

접근 방법보다

　대상 그 자체가 중요해.

남과 경계를 긋는 사람은

　스스로 자신을 가두지.

남을 보잘것없게 만드는 사람은

　자신도 별 볼일 없다고 생각하지.

나는 가슴을 활짝 열고 세상을 받아들일 거야.

　나는 지금으로도 충분히 만족하니까.

그리고 나는 너를 만난 거야…….

너도 나를 알아보았지.

너는 내 곁에, 나를 위해 있어.

나의 어둔 그늘을 걷어 내고, 시야를 깨끗하게 해주고.

나를 참되게 만들고, 세상을 맑게 볼 수 있게 해주지.

나는 첫눈에 들어오는 사람은 아닐 거야.

　어쩌면 지루해 보이기까지 할걸.

나는 너의 얘기 듣는 걸 좋아해.

　나는 네 목소리의 울림이 좋아.

너를 좋아하기 때문이야.

　세상이 우리를 위해 돌아가는 것 같아.

이제 내 눈에는 네가 아름다워.

나는 내가 앉을 자리를 찾았어.

너의 세상과 나의 세상이

　접하는 아주 작은 교집합에서

　내가 있을 공간을 찾았어.

우리는 함께 하지만 서로 다른 아주 작은 존재이고,

　바로 그 점이 우리를 함께 있게 해주지.

함께 있는 우리는 그저 둘이 있다는 것 훨씬 이상이고,

시간을 함께 하고 있다는 것 훨씬 이상이야.

함께 있는 우리 둘은 그래…….

이상도 하지,

이제야 그걸 알게 되다니…….

중요한 것은

　형식이 아니라 내용이야.

남들 하는 대로 따르지 않고

　직접 부딪치는 거야.

물리학이 아니라

　상상력이 소중해.

무엇보다도 방법이 아니라

　대상 그 자체가 소중해.

1) '걱정 마. 문제없어'라는 뜻의 스와힐리어.

혼자는 아니지만 외로워

혼자는 아니지만 나는 외로워.
몸만 같이 있을 뿐
우린 각자 자기 생각에 빠져 있는걸.

발코니에 웅크리고 앉아
무엇이 심각한 듯 우리는 옥신각신.
그것 말고도 할 말이 많을 텐데,
그때 우린 정말 많은 걸 느꼈지.

언제나 편안하게 이야기할 수는 없어.
그래서 사소한 잡담도 필요해.
서로에게 속마음을 털어놓지 않는다면,
누구와 진심으로 대화하지?

너는 특별히 친절한 편도 아니면서
내게 하는 질문도 형식적일 뿐.
일부러는 아니겠지만 내 말은 건성건성 들으며
때로는 고개도 끄덕이지 않아.

너에게 내 속을 털어놓고
잠시나마 너의 공감을 얻으려고
진짜 마음을 보여 줄 때
내 심장은 쿵쿵 뛰지만,
너의 심장은 엇박자로 뛰지.

그럴 때 너는 딴 사람 같아.
함께 있어도 외롭다는 게 어떤 기분인지
너는 모르는 것 같아.

둘이 함께 깊은 이야기를 나누며
  인생의 파도를 넘고 싶었어.
그런데 우리는 서로 겉도는 관계가 되어,
행복은커녕 거짓 미소를 짓고 있지.

네가 만든 것은 너만의 뗏목,
물에 비친 네 모습을 바라보며
너는 혼자서만 이야기하지.
내가 묻지도 않은 이야기를 쉬지 않고 지껄이지.

혼자는 아니지만 나는 외로워.
몸만 같이 있을 뿐
우린 각자 자기 생각에 빠져 있는걸.

어쩌면 나 역시 너무 고지식하고
자기 연민에 가득 차 있는지도 몰라.
내게만 관심을 요구하면서
너는 어떤지 묻지도 않았어.

아무렇지 않은 척하는 너의 얼굴 뒤에는
아쉬움 가득한 마음이 있는지도 몰라.
혼자는 아니지만 외롭다고 느끼는 건
너도 마찬가지가 아닐까?

하지만 내가 곁에 있는데 말도 안 돼!
나는 너를 잘 아는 사람인걸!
네가 마음 편하게 이야기를 나눌 수 있는 사람은 나인걸.
내가 얼마나 공감도 잘하고 사교성도 좋은데!

나는 내 마음을 남김없이 보여 주었어.
그러자 너만의 뗏목에 틈새가 생기면서
알 듯 모를 듯 미묘한 분위기가 되었지.
나는 이럴 때 농담을 잘할 줄 몰라서 정말 아쉬워.

우리는 냄비 없이 따로 노는 뚜껑들 같아.
그러니 짝이 맞지 않고, 요리도 될 리 없지.
서로 나눌 이야기도 전혀 없는 것 같았어.

그런데 내가 마음을 확실하게 보여 주니 사정이 달라졌어.

이젠 신기하게도 네 곁에서 외롭지 않아.
우리가 마침내 서로 이야기를 나누게 된 거야.
이제 깊은 관계가 되고 서로 끌리는 거야.

이런 감정은 너무 빨리 지나가기에
나는 모든 순간을 소중하게 간직할 거야.
그러면 언젠가는
우리의 맥박이 똑같이 뛰고 있다고 느껴질 것 같아.

둘이 함께 기대어 걸어온 길이기에
이제는 같이 있을 때 편안해.
하지만 이것이 다일까?
괜한 의문이 다시 내 마음에 걸리네.

이야기는 하지 않고 생각만 너무 많다 보니
종종 잘못된 배역을 맡고 있는 기분이야.

나는 머릿속에서 온갖 구실을 찾으면서
과거의 일을 따지느라 현재를 생각 못해.

그 점에서는 너에게 확실히 배울 수 있을 거야.
이렇게 생각하며 나는 마음을 다잡지.
그리고 우두커니 앉아 몽상에 빠져드는 너를 보면
외로움이 무엇인지 네가 알 거라고 생각해.

그런데 나는 진작부터
외로움이 내 몫이라 여겼어.
전부 다 솔직히 말하자면
내게는 자기 연민이 친구였던 거야.

하지만 이젠 마음 놓고 말할래.
자기 연민이여, 안녕!
이제 혼자 가더라도, 나는 보기 드물게 무척 행복했고
이젠 자유롭고 자신감도 있는 것 같아.
나 홀로 생각에 잠겨

숲을 지나고

바람을 맞으며

  달에까지 갔다가

나의 발코니로 돌아오지.

어느덧 날이 어두워지고

하늘은 여름밤의 꿈처럼 별이 수놓여 있어.

나는 이곳에 가만히 서서 별들을 바라봐.

다른 사람들도 그 어딘가에 그렇게 있을 게 분명해.

아직 세상을 모르는 나는 어리고 감상적이지만,

모든 것이 너무나도 분명해 보여.

우리는 모두 혼자이거나 외로운 사람들이고,

그것만이 우리 모두의 진실이기에.

우리가 이보다 더 가까울 수는 없을 거야.

어른이 된다는 것
— 자퇴 1주년에 즈음하여

너는 장차 무엇이 될 거야?

　당신들은 이렇게 묻곤 하지.

그때가 이제 점점 가까워지고 있어.

당신들은 이렇게 말하지.

하지만 지금의 내가 누구인지도 나는 몰라.

나는 아직 준비가 되지 않은 것 같아.

얘들아, 시간이 어찌나 빠르게 흐르는지 모른단다.

　그런 말을 들었을 때 나는 너무 어렸어.

아직은 어른이 되기 싫어.

　아이로 사는 것에 겨우 익숙해졌는걸.

내일을 생각하지 않으려네.

생각을 다른 데로 돌리려네.

나는 추억에 잠겨…….

그런데 언젠가부터 내가

　후배들에게 지금 이 순간을 즐기라고

　말하는 사람이 되어 있네.

　나의 어린 시절은 얼마나 아름답고 평화로웠던지.

지금도 기억나는 건

　내가 처음 배운 말,

　앞니 빠진 자리,

　꽃을 꺾던 일,

　유치원과 소풍,

　장난감 자동차 경주,

　엄마 아빠와 떠난 휴가 여행,

　엄마에게 묻던 이런저런 질문,

극장에 가던 날······.

그때는 '심심해' 라는 말이 가장 싫었어.
그런데 뭐 하러 어른이 되려 하겠어?
어린 시절은 신나는 조랑말 목장 같은데.

내일을 생각하지 않으려네.
생각을 다른 데로 돌리려네.
그리고 나는 자신을 타이른다네.

언젠가 다가올 어른의 삶은
너무나도 힘겹고 끔찍하게 부담스러울 거야.
어른의 삶에 한번 발을 들여놓으면
다시는 자유의 시간을 맛볼 수 없을 거야.

그때부터 삶의 시간은
기름 친 톱니바퀴처럼 맞물려 돌아가겠지.
대학에 진학해서 졸업장을 받고,

직장을 구해 돈을 벌고, 연애를 하고,

힘들게 내집 마련하고, 할부로 자동차를 장만하고,

뜰에는 나무도 심겠지.

하지만 아이들 뒷바라지에 빚도 지고,

만성적인 피로로 영양제를 달고 살다가

갱년기가 되니 찾아오는 이명증과 요통.

좋은 시절은 눈 깜짝 할 사이에 지나갈 거야.

아직은 어른이 되기 싫어.

아이로 사는 것에 겨우 익숙해졌는걸.

샴푸 하나를 고르는 일에도 우유부단한 내가

어떻게 큰 결정을 내릴 수 있겠어.

화초도 내가 기르면 사흘을 못 가는데,

어떻게 나의 삶을 책임질 수 있겠어.

내일을 생각하지 않으려네.

생각을 다른 데로 돌리려네.

사람들은 이렇게 말하지……

"청춘은 가장 아름다운 시간!
그 시절엔 무얼 해도 허용되지."

요즘 친구들이 하는 걸 보면서,
내가 하고 싶은 일들을 목록에 담아 보네.

……아무 생각 없이 한가롭게 빈둥거리며 문자 메시지 보
내기,
영화를 로딩하거나 인터넷 서핑하기,
페이스북에 드나들거나 빈티지룩 걸치기,
유튜브를 보면서 흥거운 리듬 타기,
따분할 때는 〈강남 스타일〉 따라하기,
건들건들 덥스텝을 밟아 보기,
물담배를 피우며 보드카 마시기,
사흘 밤을 꼬박 새우기, 운전면허 따러 가기.
난 아직 어른이 되고 싶지 않아!
아이로 사는 것을 더 즐기고 싶어!

내가 이 목록에 열중하는 건 정신을 차리기 위해서야.

말은 물론이고 생각도 별로 하고 싶지 않아.

내가 나를 놓아 주는 건 다시 붙잡기 위해서야.

　나를 떠나는 건 기분을 바꾸기 위해서야.

기타를 치거나 클럽을 기웃거려도

　내 생각들을 막을 수가 없어.

생각들이 나보다 먼저 잠들면

　나를 위한 시간을 가지련만.

나를 조용히 돌아보고 싶어도

　나를 머릿속에서 밀어 낼 수 없어.

내가 나에게서 도망치고 싶어도

　나는 내 안에서 나올 수가 없어.

내일을 생각하지 않으려네.

생각을 다른 데로 돌리려네.

　그러자 분명해지네.

내일은 또 다른 오늘,

잘못된 결정을 내릴까 봐 두려워 아무것도 안 한다면

　그야말로 가장 잘못된 결정.

그리고 나는 궁금해.

　일이 제대로 되고 있음을 알 때까지

내 삶이 대기상태인 것을 어떻게 생각하면 될까?

내가 지금 원하는 것을

　할 때가 되었어.

꼭 원하는 것이 무엇이든 상관없이.

내가 원하는 것은?

그것은 생기가 넘치는 젊음이 피어나는 거야.

소중한 거라면 거리낌 없이 갖고 떠나고 싶어.

이거 저거 따지며 계산적이 되고 싶진 않아.

　이렇게 바로 지금 멋지게 즐기고 싶어.

질풍노도처럼 달리면서 봄처럼 눈을 뜨고 싶어!

　여름밤의 꿈을 꾸고 기쁨의 눈물을 흘리며 웃고 싶어!

　강물을 헤엄쳐 올라가 그 물길이 시작되는 곳까지 가 보고

싶어!

　내가 원하는 세상을 새로 그리고 나만의 눈으로 바라보고

싶어!

　새로운 것을 느끼며 바라보고 냄새 맡고 맛보고 싶어!

　기차의 종착역을 알아 내고 싶어!

멜로디에 잠겨 시를 음미하고 싶어!

지금의 안전 구역을 벗어나 용기가 필요한 곳으로 가고 싶어!

정말로 존재하고 싶어!

　그것도 행복하게.

　'나는 존재하고 싶다. 고로 존재한다' 라는 걸 감히 알고 싶어!

나는 지금 내 머릿속에서 쉽게 벗어나질 못하겠어.

멀리 달아나기는커녕 여전히 그 자리.

그렇다면 그 생각들에 열중할 때 정신을 차릴

가능성은 엄청 커지겠네.

무엇이 되고 싶냐고 당신들이 물으면,

　나는 모른다고 대답했지.

이젠 아무도 내게 묻지 않아.

그래서 나는 시간이 많아.

자신이 누구인지 아는 사람이 누가 있을까?

나는 곧 그렇게 될 것 같아.

애들아, 시간이 어찌나 빠르게 흐르는지 모른단다.

그 말을 듣는 지금 나는 더 이상 마냥 어리지 않아.

하지만 어른이 된다는 것이

아이이길 멈추어야 하는 건 아니겠지.

언젠가 RECKONING TEXT
― 아사프를 위하여

"One day, baby, we'll be old,

　　oh baby, we'll be old

and think of all the stories

　　that we could have told"[1]

언젠가는 우리도 나이가 들 거야.

　　오, 우리도 나이가 들 거야.

그러면 우리가 나누지 못했던

　　그 모든 이야기들을 떠올릴 거야.

나는 누구지?

나는 자신마저 속이는 능구렁이지만

　　숙제가 주어지면 아주 예민한 꼬마.

40

느려터진 굼벵이라서
　아무것도 낚아채지 못하지만,
다른 사람이 저지르는 경솔한 실수에는
　그야말로 열광을 하지.

나는 너무 많이 생각하고
　너무 많이 기다려.
계획하는 것은 너무 많지만
　이루어 내는 것은 거의 없어.
나는 모든 것을 회의하고,
　너무 자주 위축돼.
나도 영리해지고 싶지만
　그거야말로 미련한 생각.

하고 싶은 말이 너무 많지만, 나는 그냥 잠자코 있지.
하고 싶은 말을 다 쏟아 내면
　홍수가 난 것처럼 터질 테니까.
할 일이 너무 많고

그 목록도 너무 길어.
어차피 다 하지도 못할 일
　나는 아예 시작하지도 않아

언젠가는 나도 나이가 들 거야.
　오, 나도 나이가 들 거야.
그러면 우리가 나누지 못했던
　그 모든 이야기들을 떠올릴 거야.

그런데 내가 하는 건?

아무 생각 없이 스마트폰에 매달린 채
　주말이나 기다려.
"그건 나중에 할게."
　내가 늘 내뱉는 말이야.
나는 너무너무 게을러,
　마치 바다 밑에 가라앉은 조약돌처럼.
나는 너무너무 게을러,

나의 부모는 돼지나 지키는 개의 신세.

나의 삶은 텅 빈 대기실,

　아무도 나를 불러 주지 않아.

나는 도파민²⁾을 아껴 두고 있어,

　언젠가 꼭 필요한 날이 올지도 모르니까.

너는 어때?

너는 해마다 새해를 알리는 종소리를 들으며

　샴페인 잔에다 똑같이 소원을 빌겠지.

그러나 연말이 다가오면 또다시 확인하겠지,

　이번에도 무리한 소원이었다는 것을.

'남은 인생의 첫해'가 되어 주기를

　작년에도 바라고 또 바라지 않았을까.

다이어트를 하고, 아침 일찍 일어나고, 자주 외출을 하고,

꿈을 이루기 위해 노력하고, 소소한 이야깃거리를 얻기 위해

　뉴스도 챙겨 보고…….

그러나 해마다 그랬듯이

자질구레한 일상이 너의 삶을 차지했지.

우리의 삶은 텅 빈 대기실,

　아무도 우리를 불러 주지 않아.

우리는 도파민을 늘 아껴 두고 있어.

　언젠가 필요한 날이 올지도 모르니까.

우리는 젊고 시간이 많은데,

　왜 알 수 없는 일에 모험을 걸어야 해?

우리는 실수하고 싶지 않고,

　아무것도 잃고 싶지 않아.

할 일이 너무 많고, 우리의 목록도 너무 길어.

　하루하루는 미지의 세상으로 조용히 밀려가고 있어.

"그건 나중에 할게"가 "아, 그건 나중에 할게"가 되고,

　"아아, 그건 나중에 할게"가 되다 보니 바로 이 지경.

언젠가는 우리도 나이가 들 거야.

　오, 우리도 나이가 들 거야.

그러면 우리가 나누지 못했던

그 모든 이야기들을 떠올릴 거야.

그래서 그때 우리가 나눌 이야기들은
　　이렇게 우울한 가정법이 되는 게 아닐까.

나는 마라톤 선수가 될 뻔했고,
　　『부덴브로크가의 사람들』[3]을 읽을 뻔했지.
나는 '구름이 다시 연보랏빛이 될 때까지' [4]
　　말똥말똥 깨어 있을 뻔했고,
하마터면 우리는 가면을 벗고
　　우린 똑같은 사람들인 것을 알아볼 뻔했지.
하마터면 우리는 털어놓을 뻔했지,
　　서로가 얼마나 소중한 사람들인지를.

우리는 게으르고 비겁했지만,
　　그것을 꽁꽁 숨기며
이렇게 조금 더 지속되기를
　　마음 속으로 바라겠지.

우리가 늙고 시간이 얼마 남지 않게 되면,
　—그 날은 반드시 오기 마련—
잃을 게 하나도 없었다는 걸
　비로소 깨닫게 되겠지.
우리는 원하는 삶을
　스스로 선택할 수 있으니까.
그렇다면 훗날 즐겁게 떠들게 될 이야기들을
　지금 바로 써 보도록 해!

그렇다면

긴긴 밤을 하얗게 지새우고
　도시에서 가장 높은 건물 옥상에 올라
깔깔거리며 박자에도 맞지 않는
　멋진 노래들을 미친 듯이 불러 볼까나.
그곳에서 색종이 가루를 뿌리고
　빙글빙글 바닥으로 낙하하는 장면을 보며
구름이 다시 연보랏빛이 될 때까지

축제의 마지막을 즐겨 볼까나.

결과야 어찌 되든 상관 말고

　　우리 자신을 믿어 봐.

현실을 직시하는 사람은

　　용기가 행복의 동의어라는 걸 알 거야.

과거에는 어떤 사람이었든,

　　미래에는 원하는 사람이 될 거야

우리는 너무 오래 기다렸으니,

　　도파민을 마음 놓고 사용할까나.

"삶의 의미는 바로 살아있는 것"[5]이라고

　　카스퍼가 노래했지.

"이 밤을 즐겨요"[6]라고

　　케샤가 노래했지.

가능하면 실수도 많이 하고

　　실수에서 많은 것들을 배워야 해.

　달콤한 열매를 얻기 위해선,

　　지금 당장 좋은 씨앗을 뿌려야 해.

우리가 해야 하기 때문이 아니라 할 수 있으니까

모든 것을 다 시도해야 해.
지금 우리가 젊고 살아 있다는 것은
　누구나 알고 있는 사실.
가면을 벗고 서로를 바라보면
　우리는 모두 같은 사람들.

이제 우리는 말할 수 있어.

　우리는 서로에게 소중한 사람들.

우리의 날들은 지나가지만.

　─그 날은 반드시 오기 마련─

그때까지 우리는 자유롭고,

 잃을 것도 전혀 없으니까.

우리가 원하는 삶을

 우리는 스스로 선택할 수 있어.

그렇다면 훗날 즐겁게 떠들게 될 이야기들을

 지금 바로 써 보도록 해!

언젠가는 우리도 나이가 들 거야.

 오, 우리도 나이가 들 거야.

그러면 영원히 우리들만의

 그 모든 이야기들을 떠올릴 거야.

---

1) 이스라엘 출신의 싱어송 라이터 아사프 아비단Asaf Avidan이 부른 노래 〈One Day / Reckoning Song〉의 가사.

2) 쾌락과 행복감에 관련된 감정을 느끼게 해주는 신경 전달 물질.

3) 독일 작가 토마스 만의 1천 페이지가 넘는 대하소설.

4) Materia Yasha & Miss Platnum가 부른 노래 〈연보랏빛 구름〉의 가사.

5) 독일 래퍼 카스퍼가 부른 〈투덜이의 노래〉 가사 일부.

6) 미국 가수 케샤가 부른 노래 〈Die Young〉의 노래 가사 일부.

정물화 같은 삶

꿈을 꾸었어.

오래전 일은 아니야.

거울 앞에 서 있었지만, 내가 누구인지 알 수 없었어.

이윽고 날이 밝자, 하루가 찾아와서 문을 두드렸어.

나는 눈을 떴고, 그리하여 현실이 되었어.

느닷없이 인생이라는 이름의 길을 걷고 있어.

　'목적지' 라고 쓰인 어떤 표지도 보이지 않아.

내 발이 나를 밀어

　앞으로 앞으로 나아가지만,

내 안에서 희미한 외침이 들려,

　나는 조금도 원하지 않는다고.

나는 다람쥐 쳇바퀴 돌듯 달리고 있어.

제자리를 맴도는 생각들 때문에 비틀거리고 있어.

나는 존재의 가벼움으로 인해

　삶의 무거움을 느껴…….

때때로 나는

세상 모습이 흐릿해지고

사람들이 어떻게 살아가는지 알 수가 없어.

그 무엇도 더는 의미가 없을까 봐 두려워.

나 자신도 의미가 없을까 봐 두려워.

탈출하고 싶지만

　나를 가로막는 담은 없어,

내 신념을 밝히고 싶지만,

　주변이 모두 잿빛.

삶의 흔적을 남기고 싶어.
　하지만 발자국을 남기기엔
지나온 길이 너무 깨끗해.

나는 멀리 떠나고 싶었어.

생각들이 무성하게 자라나는 산들과
숱한 질문들을 싣고 흐르는 강 사이,
튤립같이 피어난 꿈들이
　수풀 속에서 수줍게 고개를 내밀고,
태양이 슬며시 구름을 밀치며 지나가고,
세상의 심장이 힘차게 뛰는 그곳,
네버랜드를 지나 조금 더 멀리
　시간의 벽 뒤로 돌아가면 거기에
한 점의 정물화 같은 마을이 있으니까.

그곳에서 나는 이끼 속에 몸을 눕히고,
세상의 맥박에 맞춰 호흡하고,

사물들의 이야기에 귀 기울이면서

  가만히 호흡하며 조용히 살 수 있을 텐데.

길가에 앉아서 나는 너에게 이런 이야기를 하고 있어.

  하지만 너는 내 말을 들으면서도

  나를 이해하지는 못해.

너는 내가 생각이 너무 많다면서

  너무도 빤한 청춘 타령만 늘어놓다가

  다시 길을 가려 해.

너는 인생이라는 이름의 길에서

  앞만 보고 가고 싶어 하니까.

네가 가야 할 곳을 알지 못해

  불안해하지.

하지만 너는 멈추지 않고

  더 빨리 발걸음을 옮기지.

목적지가 바로 눈앞에 있다고

  생각하니까.

너는 다람쥐 쳇바퀴 돌듯 달리고 있어.

제자리를 빙빙 돌며 비틀거릴 뿐이야.

하지만 존재의 가벼움으로 인해

　고민하고 있는 것 같지는 않아.

너는 탈출하고 싶지만,

　너를 가로막는 담은 없어.

너의 신념을 밝히고 싶겠지만

　주변이 모두 잿빛.

너도 삶의 흔적을 남기고 싶겠지만,

　너의 발자국을 남기기엔

지나온 길이 너무 깨끗해.

때때로 너는 세상 모습이 흐릿해지고

사람들이 어떻게 살아가는지 모르는 것 같지 않니?

그 무엇도 의미가 없다는 생각에 두렵지 않니?

나 자신도 의미없다는 생각에 나는 두렵거든.

하지만 너는 심장이 고동치고

　삶에 목말라 있기에

진정으로 원하는 게 무엇인지

　오래전부터 더는 스스로 묻지 않았어.

그래서 남들이 하는 그대로

　모든 것을 따라 했을 뿐이야.

너는 그게 옳은 길이라고

　믿었을 테니까.

네가 병에서 따르는 것은 광기,

　모든 생각이 사라질 때까지 마시지.

단숨에 형제애를 들이켠다고 하지만

기분이 좋아지기는커녕

맥 빠지고 늘어지는 느낌뿐.

그래서 너는 지금까지도

　효과라는 게 있는지 의심하지.

너는 사진첩을 보듯 인생을 바라보며

　자신을 사진 속 주인공처럼 여기고,

아름다운 순간들을 되살리며

　스스로 살아 있다고

느끼고 싶어 하지.

하지만 네가 그 모습들의

　진정한 이유를 찾지 못한다면

그 순간들은 영영 사라지는 거야.

그러면 너는 그것을 깨끗하게 씻기고

　새 옷을 입히겠지.

그리고 너의 신발을 깨끗하게 닦고

　집 안으로 들어가서

그 순간들을 박제로 만들어 벽에 못박아 두겠지.

그것은 먼지 낀 서글픈 뿔처럼

　거기 그렇게 걸려 있겠지 .

거기서 네가 희미하게 떠올리는 것은

　너와 닮은 그 누군가의 삶일 뿐.

뒤늦게 너는 자신에게 물어보겠지,

　네가 진정 원하는 게 무엇인지를.

너는 심장이 고동치고

　삶에 목말라 있으니까.

그리고 너 스스로에게 물어보겠지

　매사 남들이 하는 대로 따라 하는 것이

과연 옳은 길일까?

그런 다음 너는 돌아와

　다시 내 곁에 앉지.

인생이라는 이름의 길에서

　너 또한 갈 곳을 잃었으니까.

하지만 가벼운 존재와 복잡한 존재 사이에는

　또 다른 뭔가가 있음에 틀림없어.

우리는 탈출하고 싶지만

　우리를 가로막는 담은 없어.

우리 눈앞에 길이 없어 보여도

　의미까지 사라지는 것은 아니야.

우리는 삶의 흔적을 남기고 싶어 하지만,

　우리의 발자국을 남기기엔

지나온 길이 너무 깨끗해.

나는 우리가 멀리 떠날 수 있길 바랐어.

생각들이 무성하게 자라나는 산들과

숱한 질문들을 싣고 흐르는 강 사이,

튤립같이 피어난 꿈들이

　수풀 속에서 수줍게 고개를 내밀고,

태양이 슬며시 구름을 밀치며 지나가고,

세상의 심장이 힘차게 뛰는 그곳,

네버랜드를 지나 조금 더 멀리

　시간의 벽 뒤로 돌아가면 거기에

한 점의 정물화 같은 마을이 있으니까.

그곳에서 우리는 이끼 속에 몸을 눕히고,
세상의 맥박에 맞춰 호흡하고,
사물들의 이야기에 귀 기울이면서
　가만히 호흡하며 조용히 살 수 있을 텐데.

어항 속의 금붕어

작은 금붕어 한 마리가
　어항 안에서 제자리를 맴돌며 헤엄치고 있네.
금붕어의 눈에 비치는 것은
　너무나도 즐거운 세상.
금붕어는 주위를 둘러보며,
　세상을 이해한다고 생각하지.
하지만 어항 밖에서 무슨 일이 일어나는지
작은 금붕어는 알 수가 없네.

하지만 뭐 대수로운 일이겠어.

작은 금붕어도 인생을 알아.
그런데 문제는
3초 동안만 안다는 거야

　그 다음은 다시 까맣게 잊어버리지!
금붕어는 정지 상태로 가만히 있어도
　그것을 알아차리지 못해.
내 말에 귀 기울이는 사람이라면
　금붕어는 머리가 나쁘다는 걸 다 알 거야.
하지만 금붕어도 뇌라는 게 있어
　오래오래 작용한다면,
금붕어도 어항 밖의 세상을
　어렵지 않게 관찰할 수 있겠지.

망각 작용이라는 게 없다면
　금붕어가 보는 것은
사람들이 어항 밖에 갇혀 있는 모습과
누군가 어항에서 멀어졌다가

다시 다가오는 모습이겠지.

사람들은 갇혀 있는 기분이 어떨까?

　금붕어는 궁금해하다가

자랑스럽게 생각할 거야.

　내가 정말 부럽겠지.

세상은 정말 부조리하다고

　생각하면서도 홀린 표정으로

어항 밖에서 일어나는 일을

금붕어는 계속 바라보겠지.

금붕어는 인간이 우습다고 생각할 거야.

사람들이 내내 자신을 포장하면서

　내면적 가치가 중요하다고 말하는 꼴이 우스워.

자연스럽게 보이려고

　얼굴에 온갖 화장을 하는 꼴이 우스워.

몸에 뭔가를 넣고

주입하고 붙이고 바꾸는 꼴이 우습고
아무도 그걸 알아챌 리 없다고
　자신하는 꼴이 우스워.
다른 사람들과 비교하면서
　자신이 못났다는 걸 확인하고는
또 그것 때문에 슬퍼하는 꼴이 우스워.

우스워, 우스워, 우스워, 라고 금붕어는 생각하겠지.
인간은 금붕어만큼도 영리하지 않은 것 같아.

세상은 정말 부조리하다고
　생각하면서도 홀린 표정으로
어항 밖에서 일어나는 일을
금붕어는 계속 바라보겠지.

금붕어는 인간이 제정신이 아니라고 여길 거야.

텔레비전 앞에 앉아

가짜인 줄 빤히 알면서도
다른 사람들의 삶을 구경하고 있다니 미쳤어.
시끄러운 소음을 쫓아
  떼거리로 몰려다니다니 미쳤어.
 우르르 나란히 함께 달리다니 미쳤어.
자동차를 타고 다른 건물로 간 다음
  돈을 내고 자전거로 바꿔 타다니 미쳤어.
중요한 일을 날씨 얘기하듯 말하면서도
  상대가 자기 생각을 알아주길 바라다니 미쳤어.
상대의 사랑을 받지 못할까 봐 두려워서
  좋아한다고 말하기 두려워하다니 미쳤어.

미쳤어, 미쳤어, 미쳤어, 라고 금붕어는 생각하겠지.
인간은 금붕어만큼도 영리하지 않은 것 같아.

세상은 정말 부조리하다고
  생각하면서도 홀린 표정으로
어항 밖에서 일어나는 일을

금붕어는 계속 바라보겠지.

금붕어가 인간을 부러워하는 것도 있을 거야.

제 맘대로 행동하면서
　즐거워하는 모습이 부러워.
누군가와 짝을 이루겠다고
　약속하는 모습이 부러워.
사람들의 온실이 자신의 황야보다
　훨씬 큰 것이 부러워.
사람들이 가진 다양한 가능성이 부럽고,
부조리한 삶 속에서도 웃고 지낼 수 있는
　믿기지 않는 순진함이 부러워.

세상은 정말 부조리하다고
　생각하면서도 홀린 표정으로
어항 밖에서 일어나는 일을
금붕어는 계속 바라보겠지.

그리고 금붕어는 자꾸 '왜?' 라는 질문을 하겠지.

내일이란 아예 존재하지 않는데도

　인간들은 내일에 대해 말한다. 왜?

모든 것은 변하기 마련인데도

무엇인가 변화하면

　사람들은 슬퍼한다. 왜?

자신들이 불행한 이유를

　사람들은 알지 못한다. 왜?

사람들은 무조건 대답을 원한다. 왜?

자신들이 세상에 있는 이유를

　사람들은 알지 못한다. 왜?

왜, 왜, 왜?

인간은 계속 의미를 묻지만,

그런 게 대체 무슨 의미가 있을까?

느닷없이 금붕어가

　최고의 지식을 얻으려 애를 쓰네.

그렇게 골머리를 앓는 동안

　금붕어는 살아 있음을 거의 잊게 되지.

나는 스스로 묻곤 하지.

정체되어 있지만

만족하는 것이 나을까?

아니면 사색하며

　절망하는 것이 가치 있을까?

자기의 대답을 내게 알려 줄 일기장만이라도

　금붕어가 가지고 있으면 좋으련만…….

금붕어는 아예 글을 쓸 줄 모르는데

이런 물음이 무슨 소용이람.

게다가 금붕어는 아예 짧은 기억밖에 없어.

금붕어에겐 그게 더 좋을 거야.

(하지만 이 말은 내게 더 어울리지.)

조금 전까지만 해도 금붕어는 꼬마 철학자.

이제 모든 것을 이해하고 싶어 한데도

　유감이지만 금붕어는 멍청해.

작은 금붕어 한 마리가

　어항 안에서 제자리를 맴돌며 헤엄치고 있네.

금붕어의 눈에 비치는 것은

　　너무나도 즐거운 세상.

금붕어는 주위를 둘러보며,

　　세상을 이해한다고 생각하지.

어항 밖에서 벌어지는 일에 대해

금붕어도 알 수 있다면 좋으련만.

나의 인생 보고서

1부 ┃ 내가 갖지 못한 모든 것

나는 더 나은 반쪽도, 초콜릿 같은 달콤함도,

권력도, 문신도, 학위도,

　단골 주점도 없어.

플랜 A가 없으니 플랜 B도 있을 리 없어.

굳이 '가츠마스'¹⁾라는 주문을 외우지 않아도

　소망하는 것이 없어.

나는 배가 싸르르한 것도

　배고픔과 혼동하지.

질서를 무척 중시하지만

　질서 의식은 별로 없어.

병 돌리기로 술래를 정하는 놀이를 해도

　병을 힘껏 돌릴 용기조차 없어.

나는 지금까지 별똥별도, 개똥벌레도

　〈타이타닉〉도 보지 못했어.

나는 식스팩도 없고,

　특별한 별명도 없어.

나는 어울리는 패거리도, 빅밴드도 없고,

　늘 쓰고 다니는 베이스캡도, 들락거리는 앱도 없어.

나만의 거리도, 구역도,

　동네도 없고,

유튜브도, 트위터도 하지 않아,

　블로깅[2]도 해본 적이 없어.

네임드로핑[3]도, 파티호핑[4]도,

　스몰토크도, 문워크도 잘하지 못해,

명품 브랜드도, 나만의 스타일도,

나만의 차림새도, 미지의 요소인 X도 없어.

나의 페이스북은

〈나니아 연대기〉[5]처럼 읽히지 않아.

나는 사랑에 대한 계획도,

  인연과 업보에 대한 생각도 없고,

멋진 필체도,

  초능력이나 신통력도 없어.

나는 믹 재거[6] 같은 재능도 없고,

  클럽 회원도 아니야.

철도 카드가 있긴 하지만,

  클럽 카드만큼 중요하진 않아.

2부 | 원치 않게 갖고 있는 것

나는 너무 걱정이 많아.

잘못된 결정을 내리거나
　아예 결정을 하지 못할 것 같아서 두려워.

어디론가 떠나면서
　사실은 그대로 머물고 싶어 할 것 같아 두려워.

실수가 성공의 어머니라 하지만
　실수할 것 같아 두렵고,

어떤 길이 옳은 길인지
　너무 늦게 알 것 같아 두려워.

시간이 너무도 빨리 흘러가는데
　그런 시간을 제대로 이용하지 못할 것 같아 두려워.

오래전부터 생각해 둔 일들을
　다 실행에 옮길 수 없을 것 같아 두려워.

엄마처럼 좋은 엄마가 되지 못할 것 같아 두려워.

아무리 배우려 해도

절대 배우지 못할 일들이 있는 것 같아 두려워.
내가 혼자라는 것도 두렵고
　혼자서는 아무것도 못할 것 같아 두려워.
너무 많은 것을 놓치면서도
　핑계만 대고 있는 것 같아 두려워.
기차의 좌석을 잡지 못할 것 같아 두렵고
　승차권을 잃어버릴 것 같아 두려워.
쓸데없는 걱정을 하거나
　잘못 생각할까 두려워.

별의별 생각에 사로잡혀 있다가
　소리 없이 부서져서
　산산조각 날 것 같아 두려워.
하지만 거미와 파리 같은 것은,
　좀비와 천둥 번개 같은 것은
　조금도 무섭지 않아.
나는 너무 사소한 것에 시달리지.

이를 닦으려 하니까

　마침 치약이 떨어졌다거나,

파스타를 먹고 싶은데,

　마트에 가 보니 다 팔리고 없다거나.

아침에 커피와 차를 놓고

　무얼 마실지도 엄청 고민하지.

종종 두통과 복통 때문에 힘들고,

　향수병이나 먼 곳에 대한 동경 때문에 힘들지.

또 남들이 나보다 나은 것 같은 기분이 들기도 해.

그럴 때 나는 확인하게 돼.

　백만장자는 돈을 더 잘 벌고, 노인은 더 현명하고,

　공기는 더 가벼워서 더 높이 올라가고, 사과는 더 잘 익어서
새콤달콤하고,

　바다는 더욱 황홀하고, 접착제는 더 강력하며, 흐르는 강물
은 더 영원하다는 걸.

　나보다 더.

그리고 때때로 나는 깨닫게 되지.

네가 나를 사랑하는 것보다

　내가 너를 더 사랑한다는 것을.

3부 | 내가 지금 갖고 있는 것

나는 너무 많은 것을 갖고 있어!

내가 감당할 수 있는 것보다 훨씬 더 많이.

내게 필요한 것보다 훨씬 더 많은

　이런저런 옷가지들과 장식품과 쓸데없는 물건들.

전혀 타지도 않는

　외바퀴 자전거와 스케이트보드.

하지만

나에겐 관심이 가는 것들을

　실제로도 볼 수 있는 눈이 있어.

나에겐 춤추거나 앉거나 서거나

　힘차게 걸을 수 있는 다리가 있어.

나에겐 네가 말하고 생각하는 모든 것을

　있는 그대로 들을 수 있는 귀가 있어.

나에겐 누군가가 눈물을 흘릴 때

　함께 아파할 줄 아는 마음이 있어.

나에겐 물건들은 물론이고 너도 잡을 수 있는 팔과 손이

있어.

나에겐 주름과 근육과 피부로 만들어 내는 표정이 있어.

나에겐 끝내 전하지 못할까 봐 두려워

　간신히 아주 간신히 드러내는 마음이 있어.

나에겐 아주 드물긴 해도 제법 그럴듯한 미소가 있어.

나는 친구가 있고, 꿈이 있고, 나만의 목소리와 감각이 있어.

나는 반짝이는 생각이 많아서 너에게 줄 것도 아주 많아.

나는 앞으로 체험할 것도 많고, 읽어야 할 것도 아주 많아.

나에겐 풀리지 않는 질문들과 묶지 않은 머리카락이 있고,

나에겐 방울져 흐르다가도 금방 마르는 눈물이 있어.

나에겐 아주 많지는 않지만 약간의 지식이 있고,

　신경세포들이 촘촘하게 연결된 뇌가 있어.

그리고 나에겐 믿음이 있지.

발전과 관계에 대한, 그리고 삶 자체에 대한 믿음.

모든 것은 원인이 있고, 시간이 상처를 치유한다는 믿음.

　나 자신에 대한 믿음이 있어.

나에겐 추억이 있어.

　앞으로도 더 거두어들일 추억이 있어.

나에겐 어떤 생각과 느낌들, 가치와 시간이 있어.

내게 주어진 삶은 영원하지 않고

　분명한 것도 아니야.

제법 낯선 생각이긴 하지만,

　나의 영혼은 영원히 지속되겠지.

또 무엇이 내게 있지만, 그것을 종종 잊어먹어.

그래서 나는 새롭게 생각할 수밖에.

나는 잃을 것은 아무것도 없지만

　얻을 수 있는 것은 너무도 많아!

웃을 수 있는 이유는 수천 가지지만,

　울어야 이유는 하나뿐이야.

무엇보다도 나는 행복해야 할 이유가 너무너무 많아.

---

1) Gatsmas, 독일어의 'Samstag'(토요일)이라는 단어를 거꾸로 읽으면 소망을 알
　게 된다는 주문.

2) vlogging, 개인 인터넷 홈페이지에 동영상 파일을 올리는 신종 블로그.

3) namedropping, 유명 인사의 이름을 잘 아는 사람인 양 들먹이는 것.

4) partyhopping, 하루 저녁에 여러 건의 파티에 잠깐씩 들르는 것.

5) 영국 작가 C.S. 루이스의 판타지 아동문학 작품인 『나니아 연대기』를 말함.

6) 영국의 록 밴드 롤링스톤즈의 보컬 믹 재거.

나는 혼자일 수 있어

나는 혼자일 수 있어,

나는 혼자일 수 있어,

나는 혼자일 수······.

파티가 끝나고 너와 헤어진 후

나는 벌써 이 노래를 부르네.

나는 혼자일 수 있다고 노래를 하네.

밤은 어둠에 취해

천둥 번개도 없이,

아침에게 자리를 비키려 하지 않네.

가로등 불빛 사이를 걸어

　집으로 돌아가는

내 배낭 안에는 물음표가 담겨 있네.

거리가 온통 깜깜해지더니

　한잠 잔 듯 이제 말없이 취기를 떨쳐 내네.

교차로들과 골목길 사이

　어디에도 내 집은 보이지 않아.

내가 어떻게 걷고 어떻게 움직이는지

　나는 알고 있다네.

하지만 삶은 제자리인데

　세상은 발 아래에서 빙빙 돌고 있지.

지구는 내 발 밑에서 돌아가는 벨트 컨베이어,

　나는 앞으로 달려가지만 언제나 제자리라네.

나의 세상은 계속 흘러내리는 모래로 만들어진 천막,

　입구도 출구도 없고 모든 것이 언제나 그대로.

내가 걷는 모든 발걸음은

　모래시계 속의 모래와 다를 게 없어.

크고 작은 모든 길들,

　이 모든 것이 내겐 너무 익숙해.

나는 이미 지난해에도

　바로 이곳에 있었어.

그때도 나는 얼마나 상처 투성이였는지.

나는 더 멀리 가고 싶었지만

　지금 이 순간에도 다시 이곳에.

그 뒤로 내가 이룬 것은 무엇일까?

새로운 산들을 정복하듯 올랐고,

　새로운 노래들을 불렀지.

힘들게 능력 이상의 일들을 해냈고,

　쓴웃음을 지었지.

나를 발전시키겠다고

젖 먹던 힘까지 모두 쥐어짰지.

호흡을 길게 가져 보려고

　숨조차 멈추곤 했지.

더 빨리 수영을 배워 보겠다고

　물 속으로 박차고 뛰어들었지.

더 빨리 횡재하려고

　내 본분을 잃어버렸어.

하지만 모든 것은 똑같아. 이를테면 바로 나처럼.

나는 날마다 똑같은 모습이지만

다르게 꾸미려 하진 않아.

그저 거울 앞에 기죽은 모습으로 서서,

　내 뒤에 비치는 것들을

가끔 오랜 시간 바라볼 뿐이지.

모든 것은 똑같아. 이를테면 바로 나처럼.

날마다 내뱉는 판에 박힌 말들,
대체 언제쯤 모든 게 좋아질까,라는 질문처럼
날마다 갖게 되는 온갖 질문들.

모든 것은 똑같아. 이를테면 바로 나처럼.

언제나 다시 또다시
제자리에서만 맴돌며 춤을 추고
점점 더 지치고 지쳐서
　침묵으로만 세상을 대하고
뮤직박스 노래들의 박자에 맞출 때도
　똑같은 모습뿐인
　오르골 인형처럼.

모든 것은 똑같아. 이를테면 바로 나처럼.

그건 끝을 모른 채
둥그런 광고탑을 빙빙 도는 것과 같아.

무엇인가에 묶이고 싶어

  자기 손을 움켜쥐는 것과 같아.

무엇을 찾는지 모르면서

  그것을 찾는 일에 점점 더 몰입하는 것과 같아.

이렇듯 모든 것은 그대로야.

  생일 케이크 위에 올라가는 촛불 숫자만 달라질 뿐.

그리고 나는 노래하지.

나는 혼자일 수…….

파티가 끝나고 너와 헤어진 후

혼자여도

아직까진 그다지 나쁘지 않아.

하지만 너는

너는 혼자가 아니야.

아니, 너는 '독립적' 이야.

너는 피터 팬이고 카우보이고 늑대야.

  너는 너 자신의 팬이야.

hidden Track : VORFREUDE
BUCH-

WHOOP

너는 집이 필요하지 않아.

　아무 데서나 그냥 머물면 되니까.

온라인에 올리는 사진을 통해

　너의 삶이 멋지면 돼!

너는 딱딱하고 낮은 목소리만으로

　곤란한 일들을 피해 가지.

흩날리는 색종이 가루처럼 자신을 풀어 놓곤

　지칠 줄 모르고 향락을 좇는

얼굴 없는 사람들 속에서

　'완벽한 파티' 를 하고 있다고 말하지.

그렇게 너는 맨 정신일 때는 너무 소심하고,

　취했을 때는 너무 관대해.

그리고 너는 이런 생각을 하겠지.

손 안에 든 참새와 지붕 위의 비둘기의

신세는 어떨까?

너는 화려한 요트 위의 결혼식보다

뺨에 하는 가벼운 뽀뽀가 더 낫겠지.

너는 어딘가로 떠나 누군가와 짝을 짓겠지.
그러나 너무 취해서 함께 성을 쌓은 사람은
　날이 밝으면 네 이름을 기억 못할 거야.
지금도 앞으로도 너는 내게 이해할 수 없는 수수께끼.
　이렇게 생각하지만, 나는 말하진 않아.
그래서 저녁이 깊은 밤으로 바뀌는 동안
　나는 계속 달리고 있어.

나는 높은 관념의 길을 걸으며
　나의 장래 가능성을 저주해.
너의 맥주가 문제를 해결하지 못하듯,
　나의 콜라도 마찬가지야.
높은 관념의 길에서 뛰어내리면
　시야는 좁아지겠지.
지금은 매우 확실하다 하더라도
　생각만의 삶은 의미가 없어.

그리고 나는 노래하지.

나는 혼자일 수 있어.

나는 혼자일 수…….

파티가 끝나고 너와 헤어진 후

우리는 함께이면서도

혼자일 수 있을 것 같아.

하지만 내가 내미는 손을

　너는 잡지 않아.

아무것도 갖지 않은 사람은

　잃을 것도 없다고 말하면서.

그래, 잘났어!

아무것도 없다면 잃을 것도 없겠지.

하지만 그런 사람은

　정말 가진 게 없는 사람이겠지.

하지만 이건 분명해.

우리가 의지하는 발판이 우리를 쓰러트릴 수 있고,
우리를 사랑하는 사람이 우리를 외롭게 할 수 있어.
우리를 자유롭게 하는 것이 우리를 구속하고,
시끄러울 때 우리는 조용해지길 원하지.

그리고 나는 노래하지
나는 혼자일 수 있어.
나는 혼자일 수 있어.
그래,
나는 혼자일 수 있어.
내가 그렇게 타고난 것은 아닐지라도
지금까지 생각했던 것보다
훨씬 잘 견딜 수 있어.

내 발 밑의 지구는 여전히 벨트 컨베이어.

많은 일이 벌어졌지만
　이제 시작일 뿐이야.

나는 속도를 줄이고

오늘은 일단 천천히 걸어가.

이 길이 바로 목적지라면

  나는 그곳에 도착한 거야.

목적지가 그밖에 어디일 수 있겠어?

언젠가는 강해지고

  조금 덜 빈정대고

조금 더 정신차리고

  지나친 감상에서도 벗어나고 싶어.

언젠가는 나이를 먹고

  조금 더 현명해지고 싶지만

언제 그렇게 될지,

  또 어떻게 그렇게 될지 아직은 모르겠어.

혼자이고 싶지 않고,

  건강이 우선이라는 것은 알아.

그리고 무엇보다도

조금은 행복하길 바라.

그리고 그런 날이 올 때까지,
  네가 나를 잊어버려도 가끔 너를 생각할 거야.
또 그런 날이 올 때까지,
  언제 모든 일이 잘될 건지 묻지 않을 거야.
오래전부터 모든 게 잘되고 있으니까.

그래, 오래전부터 모든 게 잘되고 있으니까.

조용한 시인들에 대하여

자기 말을 들어 달라고 큰 소리로 외쳐 대는
연설가와 시인,
작가와 가수와 예언자들이 있어.
그리고 조용한 시인들도 있지.

그들은 그저 침묵하는 사람들이야.
자기 자신을 믿지 않기 때문이야.
아무도 자기들 말을 듣지 않을 거라고 생각하기 때문이야.
누군가 그들이 쓸모없는 사람들이라고 말하기 때문이야.

그들은 무엇이 진실되고 아름답고 가치 있는지,
할 말이 많을 텐데도
그저 침묵하는 사람들.
우리가 그들을 잊지 않았으면 해.

그들이 가만히 있는 걸 언뜻 이해하기 힘들지만
그들 각자에겐 이유가 있어.
원래 우리 각자의 가슴 속에는
　조용한 시인이 살고 있는 것 같아.

그리고 가끔은
잠시 동안 일을 멈추고
잠깐이라도 행간 속에 들어가
형식이 아닌 속살을 들여다보면
조용한 시인들이
속삭이는 소리가 들릴 거야.

나이에 비해 몸집이 큰 어린 소년이 있어.
소년은 구부정한 자세로 발을 질질 끌며 걷지.

소년을 평가하는 다른 엄마들의 시선이 느껴져.

성적은 바닥이고, 책가방은 누더기처럼 너덜너덜.

학교 간 첫날부터 누구도 소년에게 관심을 보이지 않았어.

누구도 소년의 말장난을 알아듣지 못하지.

소년은 배가 너무 아파 일어설 수가 없다네.

하긴 학교에 가지 않으려고 무슨 일이든 꾸밀 거야.

사람들은 소년을 바보로 여기지만, 소년의 지능지수는 무언가 달라.

공부엔 흥미가 없지만 위장한 천재라고나 할까.

선생들이 비웃음을 짓고 친구들이 깔깔거리는 동안,

　그는 조용히 시를 짓고 있지.

그리고 가끔은

잠시 동안 일을 멈추고

잠깐이라도 행간 속에 들어가

형식이 아닌 속살을 들여다보면

조용한 시인들이

속삭이는 소리가 들릴 거야.

어떻게든 기분을 풀어 보려는 어린 소녀가 있어.

소녀는 방황하며 의미를 찾지.

소녀의 부모는 늘 일에 치어 살고,

소녀는 오빠들과 담배꽁초를 빨면서 멍하니 시간을 보내지.

소녀의 페이스북 남자 친구가 900명이 되는 날도 멀지 않아.

소녀는 여전히 선생님들을 존경하는 아이야.

하지만 소녀의 귀엽고도 불량스러워 보이는 모습 뒤에는
　외롭고 조용한 시인이 숨어 있어.

그리고 가끔은

잠시 동안 일을 멈추고

잠깐이라도 행간 속에 들어가

형식이 아닌 속살을 들여다보면

조용한 시인들이

속삭이는 소리가 들릴 거야.

소년과 소녀는 서로 바라보곤 문을 닫네.

그래야 성가시지 않을 테니까.

엄마는 오늘은 술을 마시지 않으려 했지만

그럴 수 없는 것이 오래된 버릇.

남매는 방 안에 앉아서 주인공처럼 삶을 연기하지만,

만들어진 가짜 세계는 상상력을 마비시키지.

남매는 말없이 어른거리는 화면을 응시하면서

　혼잣말로 조용히 시를 짓지.

그리고 가끔은

잠시 동안 일을 멈추고

잠깐이라도 행간 속에 들어가

형식이 아닌 속살을 들여다보면

조용한 시인들이

속삭이는 소리가 들릴 거야.

또 이런 유형의 인간이 있어.

평소엔 줄곧 익살을 부리다가,

　어제는 잠시 정신이 나가

이웃사람을 피멍이 들도록 두들겨 팬 사람.

겉으론 아닌 척하면서도

마음속 깊이 사랑을 갈구하더니,

미워하기로 마음먹고는

도박판에서 위험도 마다하지 않는 사람이 되었지.

그의 머릿속 어두운 방에는

　조용한 시인 하나가 가만히 웅크리고 있어.

그들은 무엇이 진실되고 아름답고 가치 있는지,

할 말이 많을 텐데도

　그저 침묵하는 사람들.

우리가 그들을 잊지 않았으면 해.

누군가 용기를 내어 그들에게 귀를 기울이네.

그들은 그 호의를 즉각 받아들이지는 않지만 알아차려.

그리고 자기들 말을 들어주고 이해해 주는 누군가가 여기 있다는

느낌이 살짝 그들의 가슴속에서 자라나지.

　영리한 소년은 두 학년을 건너뛰고

청년하고도 논쟁할 자신이 생겼지.

소녀는 누군가가 도움을 청할 때면

스스로 가치 있는 사람이라고 여기게 되었지.

아빠가 함께 텔레비전을 보자고 부를 때면

　남매는 고마움과 행복을 느끼지.

하지만 도박꾼은 게임에서 지고

지금은 혼자 감옥살이 중이야.

심리학자가 이해심 많게 말하라고 요구한 것을

그의 부모는 한 적이 없어.

그래서 도움의 손길이 너무 늦은 거야.

그는 사람을 신뢰하는 방법을 배웠건만 잊어버렸고,

그의 가슴속에 있는 시인의 눈이 거의 감기고 있어.

그러나 아직은 눈을 감지 않으려고 용감히 싸우고 있어.

그리고 가끔은

잠시 동안 일을 멈추고

잠깐이라도 행간 속에 들어가

형식이 아닌 속살을 들여다보면

조용한 시인들이

속삭이는 소리가 들릴 거야.

그렇다면 용기를 내.

용기를 내어 그들의 말에 귀를 기울여.

그들은 무엇을 하든 그것을 알아차려.

그리고 자기들 말을 들어주고 이해해 주는 누군가가 여기

있다는

느낌이 살짝 그들의 가슴속에서 자라나지.

모가 난 둥그런 복어

기억의 첫 순간부터
　나는 골머리를 앓고 있어.
모든 것을 이해하려 할 때마다
　머리가 이상해져.
나의 신경들은 춤을 추고 있어.
　도대체 쉬는 것을 몰라.
흔들리는 물뿌리개처럼
　줄기차게 불을 뿜으면
밀레니엄 축제의 불꽃놀이처럼
　불꽃을 튀기고,
갓 꺾인 만드라고라[1]처럼
　내 귀에 대고 소리치지.

내 질문들이 검은 양이라면,

106

목장에서 양 떼와 함께

　튼튼하고 포동포동할 텐데.

앞날이 어떻게 될지 전혀 모른 채

　무리 속에서 완전히 혼자일 텐데.

이 양들은 모두 어디에서 온 것이며,

　내가 되어야 하는 것은 무엇일까?

하늘은 왜 낮에는 텅 비어 있다가도

　밤이 되면 별들로 가득 차는 것일까?

그리고 여러 날 동안

　한 점의 빛도 없다면,

내가 정말로 올바르게 서 있다고

　대체 누가 말해 줄 수 있을까?

그리고 비가 온다고 하면,

　그 비는 대체 어디로 다시 돌아갈까?

그리고 모든 것을 돈으로 살 수 있다면,

　행복의 값은 얼마일까?

우주의 끝은 어디이고,

　그 끝이 있다면 왜 아무도 모를까?

그리고 내가 지금 신을 믿고 있다면,

　신도 나를 믿어 주는 것일까?

왜 어떤 소망들은 꿈으로만 남고,

　어떤 소망들은 현실이 되는 걸까?

유치원들에 있는 어린 나무들은

　대체 누가 다 심는 걸까?

나는 '누가, 어떻게, 무엇을, 그리고 어째서, 무엇 때문에,

왜' 따위를 묻지.

　하지만 아무리 묻는다 해도

　나는 여전히 미련퉁이야.

그래서 나는 대답을,

　공식을, 이런 순환 과정의 전형을,

모든 존재의 도식을,

　구조와 계산법을 찾으려고 애쓰네.

삶은 수학에서 0의 근을 구하는 공식만큼이나

　의미심장하고 구체적이야.

삶은 밀문을 당기는 것만큼

　단순하고 간단하고말고.

같은 크기의 아홉 개 칸이 그려진

　스도쿠 퍼즐처럼,

황금 송아지가 놓인

　신들의 향연처럼,

출입 금지 숲으로 둘러싸인

　공중 놀이터처럼,

'피터 팬이 부모님과 함께

　크리스마스 캐롤을 부르는' 것처럼,

풀리지 않는 방정식의 순서를

　이리저리 바꾸어 보는 것처럼,

읽기 어려운 신문을

일부러 구독하는 것처럼,

너만의 생각을 따져 보면서도

　한껏 조심하는 것처럼,

하나밖에 없는 전열기구의 전선을

　물어뜯는 것처럼,

버터로 그려진

　보물 카드를 읽는 것처럼.

너의 엄마는 참나무인데

　밤나무로 살아가는 것처럼,

방금 전까지 동그라미가 있던 자리에

　사각형 모양의 오각형이 있는 것처럼,

방금 전까지도 딸기 아이스크림이 있던 자리에

　마분지 상자로 가득 채운 와플이 있는 것처럼.

그래, 삶은 대체로 멋진 것이긴 해!

　손에 잡힐 듯 명확하지 않을 뿐이야.

진짜처럼 보이지만, 증명할 수 없을 뿐이야.

그래서 아무리 현명한 사람도

서로 의견이 갈라지면서 좌절하는 것이겠지.

나는 공식을 발견하지 못하고,
　이런 순환 과정은 전형이 없네.
모든 존재의 도식이 가르쳐 주는 것은
　계산법이란 존재하지 않는다는 것.

그래서 나는 모든 질문을 집어
　고기 분쇄기에 넣고 돌릴 거야.
거기에서 나오는 색종이 가루들을
　종이로 돌돌 말아 쌀 거야.
나는 담배를 피우지 않지만
　담배에 불을 붙이고, 연기를 빨아들이고,
기억 상자에다 재를 털 테야.

기억 상자는 생각을 떨어 내는
　값비싼 재떨이니까,
논리라는 것도 거울에 비쳐 뒤바뀐 글씨일 뿐

우스꽝스러운 희극에 지나지 않으니까.

그리고 누군가 나타나서

　그건 법칙 없이 제멋대로 만들어진 거라고 한다면

나는 이렇게 말할 거야.

　"그래, 알아. 그런데 그게 바로 문제이면 어떡해?"

모든 노심초사가

　혹여 도움이 안 된다면?

만약에 둥그런 복어는 모가 나고,

　오각형은 둥글다면?

어쩌면 우리는 그 일들도

　그냥 그렇게 두어야 할 거야.

어쩌면 우리는 세상도

　그냥 그렇게 돌아가게 두어야 할 거야.

어쩌면 너는 너의 주근깨들을 연결하여

  하나의 화살표를 만들 수 있을 것이고,

그 화살표를 죽 따라가면,

  너 자신을 발견하게 될 거야.

그렇게 되면 머리는 비고 배는 부른 채 한숨 돌리며,

  온갖 역설적인 신화들의

끝없는 심연 속으로 잠수하게 될 거야.

아직 머물고 싶다는 소망과

  서둘러 나아가려는 충동을 간직한 채

언제나 아이들이었고,

언제까지나 아이들로 남게 될

  우리들이 있는 그곳으로.

이 모든 것이 의미하는 것을

우리는 어차피 밝혀 낼 수 없어.
침묵하기에는 너무 많고
　그렇다고 말하기에는 너무 적어.

우리는 하루하루 달라지지만,
　그래도 언제나 똑같은 사람들.
보잘것없고 우스꽝스럽고,
　논리와는 거리가 먼 사람들.
우리는 전구 주위를 맴돌면서
그것이 달이라고 철석같이 믿는 초파리들.

기억의 첫 순간부터
　나는 골머리를 앓고 있어.

아무것도 얻은 게 없지만,

　더 이상 그러고 싶지도 않아.

어차피 모두 이해하지 못할 것을

　일부러 노력하고 싶지 않아.

나는 모가 난 둥그런 복어,

　앞으로도 이렇게 살아갈 거야.

1) 사람의 형태를 한 뿌리를 가진 유독 식물.

115

어머니, 아버지께

어머니 아버지께 두 가지만 말씀드리고 싶어요.

첫째,

성숙하고 성년의 나이가 된 이 나라의 시민이자 자유로운
인간으로서,
　저는 마음이 내킬 때에만
　내 방을 깨끗하게 방을 치울 거예요.

둘째,

부모님은 나의 근원이자 믿음이고,
나의 섬이자 보물이에요.
내 입은 두 분의 웃음을 만들고,

내 심장은 두 분과 함께 뛰지요.

나는 아홉 살이에요.

  따라서 부모님이 언제나 내 곁에 계시고,

  시간이 영원처럼 느껴지는 것은 너무도 당연해요.

내가 아침에 눈을 떠도

  저녁에 눈을 감고 누워도

  두 분은 늘 내 곁에 계시잖아요.

부모님은 잠자리를 챙겨 주고 이불을 덮어 주고

  문가에 서 계시지요.

그러면 나는 편히 잠들어요.

  두 분이 나를 돌보며 곁에 계시다는 것을 알고 있으니까요.

만약에 부모님을 잃으면

　나는 어떡해야 할까요.

저는 두 분의 일부이고, 두 분은 나의 일부잖아요.

나는 부모님이 불렀던 노래를 부르고,

　두 분이 했던 것을 따라 하지요.

내가 길을 잃으면 두 분이 나를 찾고,

두 분이 웃으면 나도 따라 웃어요.

부모님은 내게 한 손에는 뿌리를 건네 주시고,

　다른 손에는 날개를 달아 주시죠.

이마에 입맞춤을 하면서

너는 혼자가 아니라고 말해 주시죠.

이렇게 부모님은 우리 사이를 끈으로 묶어 두시죠.

그래서 우리는 서로 잃지 않는다고 하시죠.

내가 원할 때에는

언제든 떠날 수 있다고 말씀하시죠.

나는 언젠가 집을 떠나죠.

하지만 두 분이 없으니

이곳 바깥세상이 고요하네요.

아침에 눈을 떠도, 저녁에 눈을 감아도

두 분은 곁에 계시지 않아요.

어느 곳이든 쉽지 않겠지만,

나는 해낼 수 있어요.
부모님은 곁에 계시지 않지만,
　부모님이 묻지 않으셨지만,
지금껏 말씀드리지 않던 것을 이제 말해 볼래요.

부모님은 나의 근원이자 믿음이고,
나의 섬이자 보물이에요.
내 입은 두 분의 웃음을 만들고,
내 심장은 두 분과 함께 뛰지요.

부모님은 사랑을 돈보다 소중하게 여기는 나의 증거이고,
내가 세상을 바라보는 틀이고,
　내가 영웅으로 여기는 모든 것이에요.

부모님은 날 꽉 붙들지 않고도 내게 의지할 발판을 주고,
　내가 몹시 힘들 때에도 견디게 해주지요.
나를 가지 못하게 만류하기보다는
원하는 그곳까지 데려가지요.

나는 아무것도 보여 주지 않아도 돼요. 두 분이 보고 계시니.

아무것도 말하지 않아도 돼요. 두 분이 이해하시니.

아무것도 가지지 않아도 돼요, 두 분이 받아들여 주시니.

나를 그냥 있는 그대로 받아들여 주시니.

내가 두려워하면 부모님은 말씀하시죠.

　"너 자신을 믿어라!"

내가 울면 두 분도 울다가 말씀하지죠.

　"슬퍼하지 말아라. 우리는 너를 믿는다."

그러면 내게는 아무 일도 일어나지 않아요.

　부모님이 아직 내 곁에 계시다는 걸 알고 있으니까요.

나는 두 분의 일부이고, 두 분은 나의 일부인 걸요.

부모님은 나의 근원이자 믿음이고,

나의 섬이자 보물이에요.

내 입은 두 분의 웃음을 만들고,

내 심장은 두 분과 함께 뛰지요.

121

나는 지금 열아홉 살, 세상이 덧없다고 느낄 나이.

어떤 것도 영원하지 않잖아요.

　과연 그런 것이 있긴 있을까요?

하지만 나는 우리를 위해 계획을 세웠어요.

지금껏 앞으로만 밀고 가던 모든 것을

　뒤로 돌려 볼래요.

헐벗은 나무에 다시 잎을 붙이고,

　시계 바늘을 되돌릴 거예요.

지구가 언젠가 멈춰 서도록

　별들을 지구에 단단히 묶어 볼래요.

바람이 더 이상 불지 못할 때까지

　바람에 맞서 맞바람을 불어 볼래요.

시간이 흘러가지 않도록

　내가 할 수 있는 것을 다해 볼래요.

언젠가 부모님이 멀리 떠난다는 것을

　나는 허락할 수 없어요.

그런 생각만으로도 너무 아프고

고통이 너무 심할 테니까요.

시간이 흘러가면 안 돼요.

그래야 우리는 영원할 수 있으니까요.

부모님은 나의 근원이자 믿음이고,

나의 섬이자 보물이에요.

내 입은 부모님의 웃음을 만들고,

내 심장은 부모님과 함께 뛰지요.

내가 결정을 하는 방법

내 옷차림은 실용적일까, 힙스터 스타일일까?

나는 실용적 인간일까, 예술가적 인간일까?

내가 믿는 것은 우연일까, 운명일까?

내가 원하는 것은 경력일까, 아이들일까?

나는 아침형 인간일까, 저녁형 인간일까?

컴퓨터 중독자일까, 독서광일까?

어수룩한 인간일까, 말도 못할 속물일까?

채식주의자일까, 육식을 즐기는 사람일까?

나는 농담을 즐기는 사람일까,

농담을 잘 못 알아듣는 사람일까?

오래도록 뭉개는 사람일까,

제일 먼저 자리를 뜨는 사람일까?

나는 지금의 나에 만족할까,

언제나 최고를 원할까?

나는 단순히 재미를 원할까,

보다 견고한 무엇을 원할까?

나는 부와 인기를 누리고 싶은가,

행복하고 건강하기를 원하는가?

나는 고양이 유형일까,

혹 개 유형이길 바라는 건 아닐까?

누군가 초대하면 나는 기꺼이 응하지.

거절의 말을 하는 걸 좋아하지 않으니까.

그런데 그러고 싶은 마음이 생기면 갈 수 있겠지만,

그러고 싶지 않으면 그냥 가지 않아.

나는 나중에 교환할 수 있는 물건들만 구입해.

쓸모없는 거라고 생각하게 될지 모르니까.

내 생각은 그날그날의 상태에 따라 달라져.

그게 네 마음에 안 든다면 또 모르지만, 평상시의 나는 다르
잖아.

무엇을 해야 하는지, 어디로 가야 할지 나는 몰라.

어떤 사람이 되려는지, 지금 어떤 사람인지도 나는 잊었어.

나는 목적지도 없이 잠시 이리저리 달리고 있어.

무엇을 원하는지 안다면, 결정을 하기가 참 쉬울 텐데.

나는 남들과 다르고 싶어 하면서 어디서나 속하려 하고,

순간을 즐기면서 목표는 놓치지 않으려 하고,

실수 없는 성공을 원하면서도 긴장을 풀고 싶어 해,

그런데 그건 실제론 내게 너무 힘겨운 요구야.

내 안에서는 쾌락과 윤리, 소망과 유전학,

　구속과 자유, 의무와 자유 시간이 다투고 있고

습관과 호기심과 나태함이,

　　예상과 심장과 머리와 배가 서로 다투고 있지.

　　나는 동전을 던져 선택하려 했고, 하늘에도 조언을 구했어.

　　나는 점성술과 책과 토론회에서 필요한 것을 잽싸게 받아들였어.

　　나는 좋아하는 것과 싫어하는 것의 목록과 마인드맵을 만들었어.

　　친구들은 물론이고 부모님도 포함시켰어.

　　그러나 내가 무엇을 해야 할지, 어디로 가야 할지 아무도 알지 못하고 아무도 말해 주지 않아.

　　나는 내가 어떤 사람이 되려는지, 지금의 내가 누구인지 가장 잘 알아.

　　그래서 목적지 없이 좀더 이리저리 달리고 있어.

　　그러다 보면 머지않아 내가 원하는 것이 무엇인지 깨달을지도 몰라.

때때로 우리는 경계를 만든 다음 그것에 부딪치고,

다른 사람이나 일에서 거리를 두고, 그것 때문에 눈물 흘리지.

앞으로 나아가고 싶지만, 움직이기는 싫어하지.

삶이란 것을 움켜쥐기는 정말 쉽지가 않아.

세상은 흑과 백으로 갈리지 않고, 옳은 것과 그른 것이 따로 있지 않아.

모든 것이 가능하지만, 어떤 것도 강요할 수는 없어, 이것이 가장 중요한 사실이야.

선택은 한 번만 있지 않아, 그것이 영원한 법칙이야.

우리의 모습은 현재로 고정된 것이 아니라 끊임없이 변하는 과정이야.

무엇을 해야 할지, 어디로 가야 할지 나는 늘 알고 있진 않아.

어떤 사람이 되고 싶은지, 지금의 나는 누구인지도 가끔씩 나는 잊곤 하지.

어쩌면 과정 속에서 추구하는 것이 목표의 일부일지도 몰라.

혼자서 무엇을 한다는 것이 내가 정말 원하는 것일지도 몰라.

가벼운 물건만 들어 올리면 내가 얼마나 강한지 알 수 없어.

날마다 잔디를 깎으면 잔디가 얼마나 빨리 자라는지 알 수 없어.

무작정 걷기만 하면 얼마나 높이 뛰어오를 수 있는지 알 수 없어.

조금도 움직이지 않으면 얼마나 멀리 갈 수 있는지 알 수
없어.

원반에 구멍을 뚫어 시원한 바람이 통하게 해 볼까.

내가 원하기만 하면 행복할 수 있다고 사람들은 말하지.

나만의 삶으로부터 무언가를 만들고 싶어.

애당초 있지도 않았던 모든 경계를 저 멀리 밀어 버리고 싶어.

내가 계속 행복할 수 있으려면 때때로 우선 뭔가 변화가 있어야겠지.

기회를 한 번 놓치면 언젠가는 다음 기회가 오겠지.

내가 전혀 결정하지 못하는 이유는 어쨌든 그건 아니야.

그리고 당신들이 내가 옳다고 여기는지 여부는 내가 아니라 당신들이 정하는 거야…….

나의 소원 목록

산타클로스 할아버지께.

나는 하모니카와

　머리를 덮는 예쁜 새 모자를 갖고 싶어요.

음악을 연주하면서도

　내 귀를 보호하고 싶으니까요.

나는 마음이 아플 때 붙이는 반창고로

　나를 치유하고 싶어요.

나는 생각을 추려 내기 위해

　기억 상자를 갖고 싶어요.

나는 너무 크지 않지만

　잘 어울리는 신발과

자국을 남길 수 있도록

　매트만 한 스탬프를 갖고 싶어요.

그리고 내 열쇠 꾸러미를
　　찾기 위한 추적기와
목장을 지키는 개에게 입힐
　　배트맨 복장을 갖고 싶어요.
하지만 나의 가장 큰 소원은,
　　내가 산타클로스 할아버지에게
가장 바라는 것은
　　내가 할아버지를 믿게 되는 거예요.

나는 바닷가 아주 가까이로 파고들어
아침부터 저녁까지 모래 속에 묻혀 있는
조개면 좋겠어요.
평범한 바닷가에 놓여 있는 수수한 조개 말이에요.
그리고 누군가 나를 발견하고 기뻐해 주면 좋겠어요.

나는 앵무새가 되어

친구들과 함께 바람을 타고

하늘을 가를 수 있으면 좋겠어요.

앵무새 친구들도 함께 말이에요.

나는 내가 어디로 가는 건지 알면 좋겠어요.

나는 바다가 되면 좋겠고,

싱싱하고 달콤한 자연의 후식이면 좋겠어요.

늘 집에 있으면서도 모든 것을 다 볼 수 있고,

고요함과 생명으로 가득하고.

그리고 조금은 영원하면 좋겠어요.

나는 클로버의 잎,

그럭저럭 깜찍한 네잎클로버이면 좋겠어요.

결코 혼자 있지 않길, 누구나 기꺼이 내 곁에 있어 주면 좋겠

어요.

선의 비유이자 완벽한 귀감이면 좋겠어요.

모든 사람들과 더불어 행복하면 좋겠어요.

나는 한 장의 지폐이고,

때로는 누군가의 영웅이면 좋겠어요.

내가 바래고 낡고 부러지고 흠이 생겨도,

내가 악취를 풍기고 갈기갈기 찢기고 바닥에 던져져 지저분

해져도,

나의 가치는 늘 그대로면 좋겠어요.

나는 그가 하루만이라도

　나의 눈으로 자신을 볼 수 있으면 좋겠어요.

그러면 자신이 얼마나 좋은 사람인지,

　자신의 생각보다 믿기지 않을 정도로 훌륭하다는 걸

　알게 될 거예요.

그는 용기만 낸다면

　정말 많은 일을 할 수 있다는 걸 알 거예요.

나는 그가 하루만이라도

　세상을 나의 눈으로 본다면 좋겠어요.

그러면 나는 아무것도 설명할 필요가 없을 거예요.

그럼에도 내가 생각하고 있는 것을 말할 때

그게 무슨 뜻인지

　이해할 거예요.

나는 언제 전화해도 되는지 와츠앱에 물어보는 대신

그냥 자주 전화하면 좋겠어요.

내 친구 잉가처럼

　나도 발꿈치로 병마개를 딸 수 있으면 좋겠어요.

나는 정말로 기분이 좋을 때에는

　불쾌감을 느끼지 않으면 좋겠어요.

내가 너무 시끄럽다 싶으면

　좀더 조용히 있으면 좋겠어요.

나는 정말로 자고 싶을 때에는

　시간을 지체하지 않고

언제든 그럴 듯한 대답들이

　바로바로 떠오르면 좋겠어요.

정말로 뛰고 싶을 때에는

　서두르지 않고

때때로 가만가만 천천히 달리면 좋겠어요.

그리고 바라는 게 더 있어요.

언젠가 나는 강하면서도

　조금은 덜 냉소적인 사람이 되고 싶어요.

조금은 더 자신에게 더 집중하면서도

　너무 감성적이지 않은 사람이 되고 싶어요.

언젠가 나이를 먹으면

　조금은 현명한 사람이 되고 싶어요.

얼마나 빨리, 어떻게 그렇게 될지

　아직은 몰라요.

나는 혼자가 아니고 싶고,

　건강하다는 게 제일이라는 것은 알아요.

그리고 무엇보다도

　내가 조금은 행복하길 바라지요.

나는 하모니카와

　머리를 덮는 예쁜 새 모자를 갖고 싶어요.

음악을 연주하면서도

　내 귀를 보호하고 싶으니까요.

나는 마음이 아플 때 붙이는 반창고로

　나를 치유하고 싶어요.

나는 생각을 추려 내기 위해

　기억 상자를 갖고 싶어요.

나는 너무 크지 않지만

　잘 어울리는 신발과

자국을 남길 수 있도록

　매트만 한 스탬프를 갖고 싶어요.

그리고 내 열쇠 꾸러미를

　찾기 위한 추적기와

목장을 지키는 개에게 입힐

　배트맨 복장을 갖고 싶어요.

하지만 산타클로스 할아버지 정말 이루고 싶은 가장 큰 소
원은,

　이것이 내게 정말로 쓸모 있게 되는 거예요.

내가 가장 바라는 것은,

　내가 할아버지를 믿게 되는 거예요.

율리아 드림.

더 싱싱해지진 않아

스타트라인에 발을 대고,

　너는 출발할 준비가 되었어.

하지만 너는 출발하는 것도 때가 있다며,

　생각할 시간을 필요로 하지.

그렇게 기다리고만 있어

너는 벌써 오래전부터 그 순간을 기다려 왔잖아.

　그 순간을 어떻게 알아채는지 전혀 모른 채.

너는 많은 목표를 세우고는

　도중에 주저앉고 말지.

좋은 뜻만으로는

　네가 원하는 곳에 다다르지 못해.

그러면 너는 언제나

　다른 사람들이 너의 행복을 가로막는다고 하지.

그런데 너의 길을 저지하는 것은

다름 아닌 바로 너 자신이야.

언어가 현실을 창조한다고 비트겐슈타인은 말했어.[1]

너는 이야기에 이야기를 거듭하지만, 이루어지는 것은 별로 없어.

그렇게 하루하루 지나가고, 그날이 그날같이 너무 비슷해.

있지도 않은 것을 떠드는 것은 추상적인 잡담일 뿐,

실제의 삶이 요구하는 것은 네가 누구인가 하는 것.

행위가 현실을 창조하기 때문이야.

"말보다 행동이 중요하다"[2]고 캐스트너는 말했지.

누군가에 의해 살아지는 게 아니라

너 스스로 살 수 있어.

누군가에 의해 움직여지는 게 아니라

너 스스로도 걸을 수 있어.

네가 추구하는 것을 선택하면

　너는 감수할 수 있어.

너무 오래 고민하는 사람은

　삶의 한 부분을 놓치는 법.

무엇이 옳은지가 아니라 네가 무엇을 느끼고 있는지

　자신에게 물어봐.

네가 할 수 있는지 묻지 말고,

　네가 과연 원하는지 물어봐.

그리고 원한다는 대답이 나오면,

너의 생각들을 정리해 결론을 내고

단순히 행동해 봐.

춤에 대해 떠들지 말고 춤을 추기 시작해 봐.

장애물을 걷어 내고

　출발 신호를 울리고,

밧줄을 풀고 바다로 나가

　너의 상황을 새롭게 바꿔 봐.

관념의 울타리를 벗어나

　너의 시야를 바꿔 봐.

아주 확실한 것처럼 보여도,

　관념 속의 삶은 쓸모없으니.

좋아하는 만큼 행동한다면, 내주는 만큼 얻는 법.

경계란 한갓 생각 속에서

　두려움이 빚어 낸 허깨비.

주위를 한 번 둘러보면

　어디에도 가로막는 장벽이 없어.

너의 길은 지평선까지 열려 있고,

　앞이 탁 틔어 있어.

이제 너 혼자 가야 할 뿐.

　아무도 너를 대신하여 그 일을 떠맡지 않아.

최상의 시간은 언제나 바로 지금,

기다린다고 더 싱싱해지지 않아.

너는 오직 너 스스로 움직여야 해.

아무도 너를 대신하여 그것을 할 수 없으니까.

---

1) 비트겐슈타인 『논리철학 논고』에서 인용.

2) 에리히 캐스트너의 『마음을 위한 약상자』 중 「의욕」에서 인용.

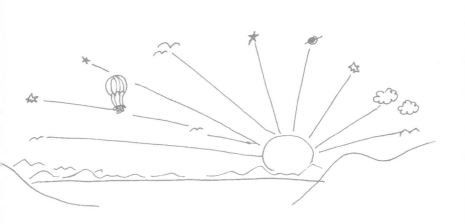

ES IST DOCH SO:
WIR KÖNNEN ALLES SEIN,
WIR HABEN, WAS WIR BRAUCHEN,
UND WO IMMER WIR SIND,
DA GEHÖREN WIR AUCH HIN.

우리는 무엇이든 될 수 있고,

우리가 필요로 하는 것을 모두 갖고 있어.

우리가 늘 있는 곳.

그곳 또한 우리에게 걸맞는 곳.

하나의 세계를 지나가는 방법

손미*

1. 두 개 세계를 꿰매는, 시

이 한 권의 시집에서 시인은 두 가지 세계를 본다. 지구라는 하나의 껍질 안에 두 개의 진실이 공존한다는 사실을 발견하고 시인은 독특한 시선으로 세계를 분리한다. 보이는 것과 보이지 않는 것. 두 개의 세계를 공평하게 바라보고 시인은 세계들 안에서 뿜어져 나오는 숨소리를 듣는다. 다급한 숨소리를 시인은 회피하지 않는다.

시인이 만나는 첫 번째 세계는 보이는 세계, 위기를 만난 내가 살고 있는 세계이다. 절망스럽고 불안한 세계이다. 절대로

손미 1982년 대전 출생. 2009년 『문학사상』 신인문학상, 2013년 김수영문학상 수상. 시집으로 『양파 공동체』가 있다.

희망이 없을 것 같은 세계이다. 시인은 이러한 위태로운 현실에서 보이지 않는 그 이면을 그리워하면서 또 다른 세계(보이지 않는 세계)를 발견한다. 시인이 발견한 다른 세계에서는 좌우가 전복된다. 입장이 바뀐다. 위기는 희망이 되고 불편한 세상은 사라진다.

물질	상상력
시끄러운 시인들	조용한 시인들, 침묵
외로운 사람들	위로
혼자인 사람들	가능성
어른이 되는 삶	아이의 삶
정물화 같은 삶	탈출하는 삶
인간	금붕어
두려움	믿음
소년과 소녀가 연기하는 가짜 세계	가슴 속 시인의 눈
확실	불확실

시인은 두 가지의 세계를 확연하게 구분한다. 시인에게 보이는 세계는 시끄러운 시인들, 자기 말을 반복하는 사람들이 가득한 세계이다. 이러한 세계에 굴복하지 않고 시인은 눈을 감고 또 다른 세계를 소환한다. 조용한 사람들의 말에 귀 기울

이고 침묵하는 사람들에게 집중한다. 그들에게서 조용히 흘러나오는 은밀한 고백을 만난다. 보이지 않는 세계는 "아주 잠시라도 행간 속에 들어가기 위해 잠시 동안 일을 멈추고(「조용한 시인들」)" 있는 시인에 의해 점점 확대된다.

이어 시인은 '시' 라는 주문을 외며 하나의 세계를 두 개로 분리한 것처럼 또 다른 세계에서 자기 자신을 분리한다. 램프를 문지르며 주문(시)을 외우고 분신처럼 등장하는 지니를 찾는다. 새롭게 등장한 지니(나)는 저쪽 세계에서 불안에 떠는 나의 등을 문지르고 안아 준다. "물리학"과 고독에 노출된, 물질적인 세계에 속해 있는 자신의 반쪽을 이러한 작은 "상상력"으로 만들어 낸 분신이 위로하는 것이다.

그렇게 등을 토닥이다 보면 저쪽과 이쪽 세계는 서로 엮인다. 이쪽과 저쪽에서 각기 다르게 나타나는 입장과 감정과 물질을 촘촘하게 꿰맨다. 그렇게 시인은 '시' 라는 바늘을 통해 세계들을 마주치게 한다. 세계들은 접촉한다. 그리고 둘은 잠시 어색하게 분리됐다가 화해한다.

"모든 것은 똑같아. 이를테면 바로 나야.(「나는 혼자일 수 있어」)" 라고 말하며 시인은 서로 이쪽과 저쪽 세계의 색채를 섞고 버무려서 자신만의 독창적인 세계로 창조한다. 시인이 만들어 놓은 새로운 세계를 독자들은 덮고 눕는다. 독자는 시인이 만들어 놓은 새로운 세계를 만나며 악몽과도 같았던 이쪽 세계와 결별하는 방법을 배운다. 결국, 시인이 창조한 새로운 세계는 독자에게도 새로운 세계를 열어 주는 것이다.

새로운 세계에서 독자들은 "독립적"인 존재가 된다. 더 이상 누군가에게 의존하지 않아도 될 만큼 강해진다. "너는 '독립적'이야. / 너는 피터 팬이고 카우보이고 늑대야. / 너는 너 자신의 팬이야.(「나는 혼자일 수 있어」)" 시인이 만들어 놓은 세상에서 독립적인, 강한 나 자신이 된 모습을 바라보며 독자들은 자신감을 얻는다. 그리고 시인은 노래처럼 주문을 외운다. 그러면 어느새 내 안에 숨어 있던 팔 하나가 나와 외로운 등을 토닥여 준다. 그러니까 시인이 말하는 노래는, 주문이자 다독이는 손이다. 램프를 문지르면 나타나 절망을 소망으로 바꿔주는 지니다. 나를 문지르면 어김없이 이 안에서 나타나는 또 다른 나다.

그리고 나는 노래하지

나는 혼자일 수 있어.

나는 혼자일 수 있어.

그래,

나는 혼자일 수 있어.

내가 그렇게 타고난 것은 아닐지라도

지금까지 생각했던 것보다

훨씬 잘 견딜 수 있어.

―「나는 혼자일 수 있어」 부분

그래서 시인은 노래한다. 혼자일 수 있다. 언제나 '시'라는 주문을 외우면 자신을 안아 주는 '나'가 있기 때문이다.

2. 불안한 현실에서 만나는 '나'라는 좌표

시인은 인간에 대한 근원적 물음들을 던지기도 한다. 시인이 바라보는 다른 세계에서 우리가 세워 놓은 논리와 기준은 모두 "거울에 비춰 뒤바뀐 글씨"가 된다. 그렇기에 시인에게 "우리는 전구 주위를 맴돌면서/ 그것이 달이라고 철석같이 믿는 초파리들(「모가 난 둥그런 복어」)"이고 우리가 세상을 살면서 확실하다고 말할 수 있는 것은 아무것도 없다고 말한다. 시인 에게 이 세계는 도수가 맞지 않는 안경을 끼고 뿌연 건물과 미래를 바라보는 것과 같은 형상인 것이다.

이는 파우스트 박사가 그렇게 많은 학문을 연구하고도 "아는 것이 하나도 없다."고 말한 부분과 닮았다. 결국 "나는 '누가, 어떻게, 무엇을, 그리고 어째서, 무엇 때문에, 왜' 따위를 묻지./ 하지만 아무리 묻는다 해도/ 나는 여전히 미련퉁이 야.(「모가 난 둥그런 복어」)"라고 대답하는 시인의 말은 단순한 반항이나 시위가 아닌 우리 공통의 과제가 된다.

이렇게 어떤 것 하나도 확실하지 않은 세상에서 우리는 많은 갈림길을 만난다. 그럴 때마다 시인은 자기의 존재에 대한 사소한 질문을 던진다. "나는 실용적 인간일까? 예술가적 인간일까?"라는 간단한 물음에서 "내가 무엇을 해야 할지, 어디로 가야 할지 알지 못하고 아무도 말해 주지 않아. 나는 내가 어떤 사람이 되려는지, 지금의 내가 누구인지 가장 잘 알아. 그래서 목적지 없이 좀더 이리저리 있어.", "무엇을 해야 할지, 어디로 가야 할지 나는 늘 알고 있진 않아./ 어떤 사람이 되고 싶은지, 지금의 나는 누구인지도 가끔씩 나는 잊곤 하지.(「내가 결정을 하는 방법」)"와 같은 질문과 대답으로 자기 자신을 찾아 가는 여정을 보여 준다.

시인이 선택한 이러한 방법은 시인과 우리가 때때로 마주치는 혹과 백이라는 세상에서 두 개의 세상을 자기 자신이라는 바늘로 봉합해 버림으로써 어떤 결과가 나오든 자신의 선택을 믿고 한 코 한 코 꿰매 밀고 나갈 수 있는 단단한 용기를 부여한다.

이렇게, 용기를 주는 존재는 다름 아닌 바로 나다. 어지러운 세상에서 유일한 나침반이자 좌표는 바로 자기 자신인 것이다. 시인은 자신을 서서히 분리하여 위로가 필요한 자기 자신을 안아 준다. 그것은 "나를 치유하고 싶어요.(「나의 소원 목록」)"와 같은 산타클로스에게 비는 소원이자 자기 암시다.

돌이켜보면 시시각각 떠오르는 생각은 우리 안에 생채기를 내는 무기다. 지나간 사람과 불투명한 미래를 생각하느라 우리의 마음은 소진된다. 생각은 마음 속에 상처를 내고 불안과 고독을 살찌게 한다. 인간은 알몸으로 그런 무기에 사로잡힌다. 점점 불어나는 생각들로 스스로 생채기를 내는 존재, 그런 인간의 나약함을 시인은 다름 아닌 자기 자신을 좌표로 삼아 벗어나려 하고 있다.

3. 새로운 세계를 열기 전, 스스로를 달래는 주문

나이가 들수록 우리는 교과서에 없는 세상의 이면을 수없이 목격한다. 어린 시절에는 노력만으로 원하는 것은 모두 이룰 수 있을 거라 생각하지만 세상을 알아갈수록 마음대로 되지 않는다는 사실을 깨닫는 순간이 온다. 이즈음 우리에겐 고민이 생긴다. 이상과 현실, 이 갈림길에서 어디로 가야 할 것인가. 어떤 삶을 선택할 것인가. 이러한 성장통은 어린이에서 어른으로 넘어가는 시기에 가장 예민하게 살점을 파고든다.

성장통 앞에서 시인은 "내가 산타클로스 할아버지에게 가장 바라는 것은/ 내가 할아버지를 믿게 되는 거예요.(「나의 소원 목록」)"와 같은 소원을 빌며 자신의 순수성을 되찾고 싶다고 말한다. 그러면서 동시에 시인은 돌아갈 수 없는 아이의 삶과 그 순수가 지나간 자리에서 어른의 세계로 들어가는 문을 가만히 바라보고 있는 것이다.

"스타트 라인에 발을 대고/ 너는 출발할 준비가 되었어./ 하지만 너는 출발하는 것도 때가 있다며/ 그렇게 기다리고만 있어.(「더 싱싱해지지 않아」)" 시인은 이제, 아이의 세계에서 나와 새로운 세계로 들어갈 차례다.

문을 열기 전에 주문을 외운다. 다른 사람의 시선을 신경 쓰지 않고 내 의지대로 살 수 있기를, 내가 하고 싶은 일을 하며 살 수 있기를, 마음 속으로 많은 이야기를 하는 조용한 시인들의 이야기에 귀 기울일 수 있기를, 희망과 꿈을 잃지 않기를, 다짐하고 또 다짐하는 것이다.

마지막으로 시인은 또 한 번 자기 자신의 등을 문지른다. 흔들리는 다리에 힘을 주고 저 밑에서 끓어오르는 두려움을 삼키며 자신을 기다리고 있는 다른 세계의 문을 힘주어 연다. 불청객 같던 성장통을 끌어안는다. "너는 혼자 힘으로 가야 해./ 아무도 너를 대신할 수 없으니까.(「더 싱싱해지지 않아」)" 스스로를 달래는 주문을 외우면서.

손미 당신의 시를 인상 깊게 읽었다. 다양한 사고가 녹아 있는 매력적인 시라고 생각한다. 동서양을 넘어 젊은이들이 느낄 수 있는 공통적인 정서들을 확인할 때는 더욱 반가웠다. 전체적으로 당신이 집중하고, 보는 세상은 어떤 모습인가?

율리아 엥겔만 내가 관찰하는 세계는 주관적이며 내적인 세계이다. 나는 기회와 가능성으로 가득한 세계를 바라본다. 내가 지향하는 세계는 바로 그러한 세계이다.

손미 시 「잔잔한 물결이 마음을 끈다」에서 "앞으로 나아가고자 한다면/ 엉덩이를 움직여야 하고/ 너의 가장 지독한 불안을 깊이 응시해야 해."라고 말하는 구절이 있는데 지금, 시인을 괴롭히는 지독한 불안은 무엇인가?

율리아 엥겔만 나는 실수하는 것을 두려워한다. 나의 불완전함도 두렵기는 마찬가지다. 나를 있는 그대로 받아들이는 것은 내겐 정말로 큰 도전이다. 그리고 삶의 유한성은 가장 큰 두려움인데, 그에 비하면 다른 모든 것은 너무도 사소하고 중요하지 않게 여겨진다.

손미 시의 전반적인 내용은 대부분 아끼고 사랑하는 친구 또는 자기 자신에게 하는 다짐과 약속처럼 보인다. 끊임없이 대상에게 말을 걸고 자신의 생각을 전달하는 이유는 무엇인가?

율리아 엥겔만 내가 시를 쓰는 것은 근본적으로 내 자신을 위해서이며, 또한 나와 가까운 사람들을 위한 것이기도 하다. 시에서 노래하는 대상이 구체적으로 누구를 말하는지는 각 시마다 다를 것이며, 또 비밀이기도 하다. 부모님에게 바치는 시를 제외하면 그렇다.

다른 사람들이 자신들의 생각을 숨기지 않고 터놓고 말하는 것을 보면 마음이 편안해지는데, 왜냐하면 그럴 때 나는 덜 외롭게 느껴지기 때문이다. 마찬가지 이유로 나 역시 그렇게 하고 싶다. 어쩌면 그 누군가가 덜 외롭다고 느낄 수 있을 테니까.

손미 시를 읽다 보면 독자에게 용기를 주는 따뜻한 손길이 느껴진다. 또한 당신 역시 다른 사람에게 인정받고 위로를 얻고 싶은 것처럼 보인다. 그런 의미에서 당신에게 공존을 갈망하는 마음이 강하게 느껴지는데, 당신이 생각하는 공존이란 어떤 의미인가?

율리아 엥겔만 함께한다는 것은 비슷한 일들에 대한 믿음, 비슷한 유머와 신뢰 등을 통해 이루어진다고 생각한다. 생각을 함께 나누고 서로의 관심과 호의를 나눔으로써 말이다. 하지만 그럴 때에도 혼자 잘 지낼 수 있는 것은 중요하다.

손미 "우리는 원하는 삶을 스스로 선택할 수 있으니까."와 같이 삶과 세상에 대하여 주체적인 태도를 취하고 있는 구절이 눈에 띈다. 실패에 대한 두려움보다는 원하는 것을 성취할 수 있는 용기가 내재되어 있는 에너지가 독자들에게 긍정적으로 전달되고 있다. 그러나 인생을 살다 보면 내 의지와는 상관없이 좌절하게 될 때도 있는데, 그런 순간에는 어떻게 자신을 다독이는가?

율리아 엥겔만 내가 자유롭다는 것에 대한 확고한 믿음으로 스스로를 위로한다. 그건 내가 어떤 사람인지, 또 어떻게 살아갈지 스스로 선택할 수 있다는 것에 대한 믿음이다. 그리고 지금까지 좌절하는 순간마다 내게 다시 살아갈 용기를 갖게 해 준 이런저런 경험들에 대한 기억 덕분이기도 하다. 그것은 고통스러운 순간 역시 곧 지나간다는 경험에 대한 기억이다. 궁극적으로는 내 삶에 겸손하고자 한다.

손미 곧 국내에 시집이 출간될 예정인데 이 시집이 어떤 독자에게 읽히길 원하는가?

율리아 엥겔만 물론 누구나 읽어도 된다. 삶에 대한 물음을 가슴에 간직한 채 살아가는 사람이라면 누구나. 때때로 혼자라고 느끼는 사람이라면 더욱 좋을 것 같다. 나이와 성별은 아무 문제가 안 된다. 성찰하고 독서하는 것을 좋아하는 모든 사람들이 읽어 주길 바란다.

언젠가 우리는

초판 1쇄 발행일   2014년 12월 5일

지은이 · 율리아 엥겔만
옮긴이 · 모명숙

펴낸이 · 김종해
펴낸곳 · 문학세계사
주소 · 서울시 마포구 신수로 59-1(121-856)
대표전화 · 02-702-1800   팩시밀리 · 02-702-0084
이메일 · mail@msp21.co.kr
홈페이지 · www.msp21.co.kr
페이스북 · www.facebook.com/munsebooks
출판등록 · 제21-108호(1979.5.16)

값 11,000원
ISBN 978-89-7075-594-6   03850